ラブセメタリー

木原音瀬

集英社文庫

目次

ラブセメタリー

ラブセメタリー

待合室にいるのは、あと一人だけだ。

「久瀬圭祐《くぜけいすけ》さん」

町屋智《まちやさとる》が名前を呼ぶと、廊下の正面にある椅子に座っていた、紺色のスーツ姿の男がゆっくりと立ちあがった。うなだれたまま近づいてくる。歳《とし》は三十半ば、背が高くて姿勢がいい。それだけに盗み見る……十年分ぐらいの不幸を一気に濃縮したような表情が残念だった。まぁ、精神科の初診に、ご機嫌の笑顔でやってくる人も少ないだろうが。

「診察室へどうぞ」

男を中へ案内してから、町屋は診察室の奥にあるカーテンで仕切られた三畳ほどの薬品備品庫に引っ込んだ。やりかけていた薬品在庫のチェックを続ける。

バアアアッという雨音が耳につく。朝はそれほどでもなかったのに、今は小窓を洗おうとするかのように、激しく雨粒が叩《たた》きつけてくる。梅雨は明けたとニュースで見たが、その割に雨ばかり降る。足許《あしもと》も悪いし、気圧が影響しているのか、朝から予約をキャンセルしたいという電話が二件あったと受付のおばちゃん、渋谷《しぶや》がぼやいていた。

「こんにちは、はじめまして。問診票を拝見しました。夜に眠れないということですけど……」

飯田《いいだ》の声はよく通る。不眠が主訴《しゅそ》なら、あのサラリーマンは鬱の初期かなとアタリをつける。それなら睡眠薬を処方しての様子見で、採血や点滴は必要ないだろう。

この飯田クリニックは精神科なので、外科系と比べると処置は少なく、肉体的という意味では楽な職場だ。多分、看護師がいなくても回していける。

「情けないけど、トラウマなのよ」

退職する事務員の結婚祝いを兼ねた、職員総出で四名という小さな飲み会で、五歳の孫に「やまんば」とからかわれるという白髪に侵食された灰色の髪を弄《いじ》り、医師の飯田はため息をついた。

「診察中にね、患者に顔を殴られたの。それまで普通に話をしてたのにいきなりよ。鼻の骨と前歯が三本折れたわ。おまけに首を絞められて気を失ったの。それからね、患者と二人きりで診察室にいるのが怖くなったのは」

看護師の同席を嫌がる患者も多いので、処置がない限り診察は医師と患者だけで行われることが多い。けれど飯田はその状況に耐えられない。苦肉の策がカーテンの向こうに配置された町屋の存在だ。採血や処置の介助はもちろんのこと、患者に危害を加えられそうになったら、すぐさまカーテンの向こうに待機した男性看護師が出てきてくれる。その安心感をお守りにしてようやく、飯田は診察室で患者と二人きりになることができる。

大柄な男性患者に怯《おび》えてしまう状態が改善されないことに飯田はずっと頭を悩ませているが、「まぁ、そこそこ頑張ってください」と言ってある。

「先生がトラウマを克服したら、俺は失業するんで」

「嫌だぁ、町屋君にはそのまま働いてもらうわよ。だってイケメンだもの」

仕事ぶりではなく、顔を褒められることに……それも三十を過ぎている男にどうかと思うが悪い気はしない。飯田は町屋がゲイだと知っている。去年の冬、元彼にクリニックの入っているビルの裏口で待ち伏せされて復縁を迫られ、町屋が場所を変えようと頼んでいるうちに元彼がブチ切れ、路上で罵り合う痴話喧嘩《げんか》のまっただ中を目撃されたからだ。

元彼は不意に裏口から現れた飯田の「警察に通報しました」というクールな脅し文句に尻込みし、脱兎《だっと》の如《ごと》く逃げ去った。カッとしたら大胆な行動に出る癖に、正体は針穴より気が小さいビビリ野郎。けどそのビビリゆえの繊細さを、魅力的に感じていた時期も確かにあった。元彼の手が出る寸前というタイミングのよさからして、飯田に話を聞かれていたのは明らか。取り残され、言い訳もできずに黙り込んでいると、雇い主は

「あれって彼氏？」と聞いてきた。

「……もう別れたんですけど」

声が震えた。自分らしくありたいとゲイであることを隠さないオープンな輩《やから》も増えてきたものの、できることなら波風たてずに生きていたいというタイプが大半じゃないだろうか。町屋も後者で、これまで総合病院、個人病院と転々としてきたが、ゲイだと打ち明けた上司や同僚は一人もいなかった。

「別れて正解じゃないの。職場にまで押しかけてくるなんて非常識もいいとこ。次はもっといい男を見つけなさいよ」

忠告し、飯田は帰っていった。次の日、飯田の自分に対する態度が変わるんじゃないだろうか、下手したらいきなり解雇を言い渡されるかもしれないと思い悩み、胃をキリキリさせながら出勤したが、飯田は前の日と何も変わらなかった。普段どおりに一日が終わり、逆に拍子抜けした。

飯田はあと五年で還暦になる。歳が上がるにつれ、教育や時代の影響で同性愛を理解できない、しようとしない割合はどうしても多くなるが、飯田に偏見はなかった。そのことがいっそう町屋の、このクリニックでの居心地をよくしていた。

飯田の声はよく聞こえるのに、あの患者の声は低音のドラムが遠くから響いているようにボソボソして聞き取れない。向かい合っているはずの飯田も「あの、すみません。

もう一度」とたびたび繰り返している。

「眠れないということもありますが、他にも悩んでいることがあるんです」

ようやくカーテン越しの町屋にも、患者の声が聞き取れた。

「どういうことが気になるんですか？」

患者は沈黙している。自分から話を切り出しておきながら躊躇《ためら》っているようだ。飯田は先を促すことなく、患者が喋《しゃべ》り出すのをじっと待っている。

町屋は腕時計を見た。この患者が午前中の最後だから、昼の休憩時間は男の診察時間にかかっている。今日はカレーの気分で、歩いて十分ほどの定食屋に決めていたが、この分だと昼休みは短くなりそうだし、雨も降っているし、向かいにあるコンビニでもいいかなと気持ちが揺らぐ。

「女性である先生に、こういう話をするのは恥ずかしいんですが……」

ようやく患者が口を開いた。

「いつもセックスのことを考えてしまうんです。仕事のストレスもあるかと思うんですが、ここ二週間ぐらい、仕事中もオフもそのことで頭がいっぱいで。家に帰ると、本や動画をずっと見てその……自慰ばかりしてしまって」

聞き耳をたてるなという方が無理だ。思わず笑いそうになり、慌てて口許を押さえる。二十歳そこそこなら兎《と》も角《かく》、三十半ばの男が自慰に夢中というのは、精力旺盛な部類に入るんじゃないだろうか。

「自慰で満足していればいいんですが、街を歩いていると不意に衝動に駆り立てられることがあるんです。例えば……すれ違った人を公園の隅に連れ込んで、相手の意志も尊重せずに事に及んでしまいたいと。犯罪なのはわかっています。それならどうすれば見つからずに上手《うま》くやれるのか、卑劣な行為を成功させるための計画を練ってしまう。そんなことを繰り返しているうちに、妄想がリアリティを持ってくるんです。自分なら上手くやれそうな気がしてくる。これは単にシミュレーションしているだけだと何度も言い聞かせてます。けどそこから一歩踏み出せば、犯罪になる。そのうちギリギリの一線を越えて、卑劣な行為に及んでしまいそうで恐ろしいんです」

訴えを聞いているうちに胸糞《むなくそ》悪くなってくる。共感などできようもない。町屋もレイプ物のエロ動画で抜くし、自分を昂《たか》ぶらせるために妄想もするが、実際にやってみたいとは思わない。あれは作りものだと知っているからだ。人を傷つけてまであああいうことをしてはいけない。たとえ犯罪にはならないと言われてもだ。

「このまま妄想し続けたら、本当に罪を犯してしまうかもしれません。先生、お願いです。僕の性欲を抑制するような治療をしてもらえないでしょうか」

患者の言葉の余韻が完全に消えてから、飯田が口を開いた。

「いくつか質問させてください。あなたはその卑劣な行為とされる妄想の中で、道具を……例えば、ロープや刃物といったものを使いますか？」

「はい」

「それらを実際に準備したり、買い求めたりしていますか？」

「いいえ」

カルテに記入しているのか、飯田の質問が少し途切れた。

「あなたにはパートナーがいますか？」

「それはセックスフレンドのことですか？」

直接的すぎる言葉に、盗み聞きしている町屋の方が気まずくなる。

「例えば奥様や恋人とか」

飯田はセックスフレンドを否定しなかった。

「いません。僕に性的なパートナーは永遠にできないんです」

男が口にする永遠という言葉からは、悲愴《ひそう》であると同時に鼻につくタイプの芝居臭さが漂ってくる。

「たとえ強姦というシチュエーションであっても、それが家の中で、互いに納得し、純粋にプレイという形で行われるなら犯罪にはなりません。あなたの性嗜好《せいしこう》を理解してくれる相手を探してみてはどうでしょうか」

ＡＶと一緒だ。同意を得られる相手との、納得ずくの作りもので我慢してはどうかと飯田は提案している。

「先生、僕は強姦をしたいわけではないんです」

患者はぽつりと呟《つぶや》いた。話の流れからして「無理矢理というシチュエーションでしかセックスができない」と訴えられているとしか町屋には思えなかった。おそらく飯田も同じように感じているだろう。

「……どういう風に話せばわかってもらえるでしょうか。僕には好きな人がいます。けどその人と愛し合ってはいけないんです。じゃあ頭の中なら何をしても自由だと思って妄想すると、何もできない現実が余計に辛《つら》くなるんです。性欲は消えてなくならない。地獄ですよ。だから僕は自分が辛くならないよう、その人以外の誰かと関わり合う妄想をすることで逃避していたのに、今度はその逃避先がリアリティを増して、僕の中の狂気を駆り立て、犯罪へと手招きしてるんです」

聞いている方の頭が混乱してくる。要するに、好きな人とやれないから他人で妄想していたら、それが過ぎて犯罪に走りそうになっているということか？　ミイラ取りがミイラに……このたとえでよかっただろうか。

「妄想が過ぎるとご自分で自覚があるなら、そうならないよう少し気晴らしされたらどうでしょう。例えばスポーツとか」

患者の返しは早かった。

「僕は毎朝、走ってます。スポーツだけでなく他にもいくつか趣味があります。仕事が終わる時間は遅いですが、できる限り規則正しい生活をしています。それでも駄目なんです。本で読んだのですが、性犯罪に走った人は、僕みたいに常に性行為を妄想し、次第にエスカレートして犯罪に至るケースが多いと書いてありました。僕は家族、親類に迷惑をかけないために、死んでも犯罪者にはなりたくないんです」

患者は「先生」と縋《すが》るように声を震わせた。

「僕はもう十分にお話ししたと思います。墓の中まで持っていこうとしていた恥ずかしい事実まで赤裸々に。お願いですから薬を処方して僕を化学的に去勢し、無害な人間にしてください。ここの先生なら治療をしてくれると聞いて探してきたんです」

「……気を悪くしないで聞いてもらいたいのですが、あなたは過去に性犯罪での逮捕歴がありますか？」

「ありません。逮捕されるようなことはこれまで何一つしたことはない。そうなる前に手を打ちたいんです」

飯田クリニックが開院して三年。その間に弁護士やカウンセラーからの紹介で四人ほど性欲を抑制する治療を受けた患者がいた。全員に性犯罪の前科があり、そのうち二人は再犯歴があった。逮捕歴がなく「罪を犯しそうだから治療してくれ」と言ってきたのは初めてのパターンだ。

「性欲を減退させる薬物には、睾丸縮小、女性化乳房などの副作用があります。今まで犯罪歴のある方にしか処方していません。質問に答えていただいた内容を整理すると、あなたは自分が好きな女性と愛し合えないから、他の女性との性的関係を妄想し、同意を得ないまま乱暴な行為に及んでしまいそうなことに恐怖し、悩んでいるということですよね。今すぐには無理だとは思いますが、愛している女性を諦めてその分の愛情を他の誰かを愛するよう向けられれば、薬物治療の必要はないと私は……」

「先生」

患者が飯田の言葉を遮《さえぎ》った。

「……僕は大人の女性を愛せません。僕の好きな人は、大人でも女性でもないんです」

昨日は八月半ばにして今年の最高気温、三十七度を記録し、とうとう体温を超えた。今日も外は死人が出そうな熱気が渦巻いている。冷房が南極ぐらい効いてる部屋の中でも、動き回ると全身に汗がじわりと浮かんでくる。友人の大輝《だいき》から町屋に『サトちゃん、引っ越しの荷造りを手伝ってよ』と連絡がきたのは先週末。仕事も休みで暇だったし『後で美味《うま》いモンおごるし～』という言葉につられて顔を出し、大輝の部屋に入るなり唖然《あぜん》とした。玄関から靴下やパンツ、コンビニのポリ袋が堆積し、廊下と玄関の境目がわからない。前から片づけ下手だと知ってはいたが、今の室内の汚染状況は過去最悪。引っ越しの荷造り以前の問題だ。

汚部屋《おべや》の住人は「ちょっと汚れてるけど、まっ、気にしないで」とゴミを踏みつけ、ヘラヘラ笑いながら出迎える。のんびりした性格だし付き合いやすいが、助っ人《すけと》に迷惑をかけないよう少しぐらい掃除をしておこうという気遣いもない現状に、猛烈にイラッとする。

人に家の掃除までさせるんじゃねぇよ！　脳内で毒づきながら部屋中で地層を形成しているゴミの堆積物を分別してゴミ袋に放り込む。そうやって格闘すること三時間。二十袋のゴミと引き替えに、床が見える人並みの部屋の姿を取り戻した。町屋は汗だくになったが、今までは前座でここからが荷造りの本番スタートだと思うとげんなりする。

とりあえず2DKの一番奥、洋室からとりかかる。ベッドの奥にクロゼットはあるが、扉を開けるのが怖い。服や不用品がぎゅうぎゅうに詰め込まれていたらどうしよう。戦々恐々としつつ中を覗《のぞ》いてみると、予想を裏切り整然と片づけられていた。ホッと胸を撫《な》で下ろす。

一・五畳ほどの広いクロゼットは三分の二が段ボールで占められていた。小さいのにやたらと重くて腰にくる。いったい何だろうと蓋を開けると、入っていたのは雑誌だった。本棚のＤＶＤを箱に詰め込んでいる大輝に声をかける。

「段ボールの中の本は持っていくんだよな」

大輝が振り返り「ちょっと」と返事をする。

「ちょっとって何だよ。意味わかんないんだけど」

「捨てていいんだけど、残しておきたいのもあってさ〜」

間延びした口調が、やたらと癇《かん》に障る。

「お前なぁ、いるもの、いらないものぐらい先に分けとけよ！」

大輝の、もとから下がり気味の眉が、更にグッと下降して困り顔になる。

「そんなに怒るなよぅ。箱ん中の本は『guy guy』だけ残して他は全部捨ててい〜から」

結局、仕分けろということらしい。町屋は段ボールをクロゼットから全て運び出すと、これ見よがしに中身を床にぶちまけた。大輝は床に広がる雑誌群にチラリと視線を飛ばしたものの、フッと背中を向けて見なかった振りを決め込む。

ひょろひょろと痩せて、そばかすが目立つ童顔の大輝はライターだ。最初はゲイ雑誌の編集をしていたが、そこの出版社が潰れたので今はフリーでルポを書き散らし、ゴーストライターも引き受けている。「guy guy」は大輝が編集をしていたゲイ雑誌で、町屋も本をもらったことがあった。

「guy guy」だけ残し、他の本はまとめて紐《ひも》でギリギリと力任せに縛り上げる。それを見ていた大輝が「うちのじいちゃんみたい」とわけのわからないことを言い出した。

「岡山のじいちゃんがさ、鶏を飼ってんだよ。俺らが田舎に帰ると、夕飯にって飼ってる鶏の首を絞めるんだ。目をこうカーッって見開いて鬼みたいな顔でさ。サトちゃん、そん時のじいちゃんに似てるわ」

そりゃ、お前の首を絞めてるつもりで縛ってるからな、と思いつつ黙々と本の選別を続ける。その中に洋物のゲイ雑誌を見つけた。自分で買ったり、友人から土産でもらったりと家に何冊かあるが、大輝の持っていたそれは表紙が全裸の子供だった。英語でないから、どこの国の本なのかわからない。捲《めく》ってみると、小学校低学年から中学生ぐらいまでのまだあどけない少年達が、全裸で卑猥《ひわい》なポーズをとっていた。中には大人と絡んでいる写真もある。

「それ、欲しいならあげるよ。今じゃけっこうレアなんじゃないかな」

「いらね」と吐き捨て、処分する本の山にその雑誌を積み上げた。甥《おい》っ子や姪《めい》っ子のヌードはもう腐るほど見てきたが、それに感じたことは一ミリたりともない。けどこういう雑誌を持っているということは……。

「お前、子供の趣味とかあったっけ？」

大輝は「まぁまぁかな」と斜め上を見上げた。

「好きってほどでもないけど、嫌いでもないって感じ」

結局、何でもいいということだろうか。ふと梅雨明けに来院した風変わりな患者を思い出した。女性でも大人でもない……十歳前後の少年しか愛せないという小児性愛者、化学的去勢を申し出たペドファイルのあの男は、睡眠薬だけ処方されて帰っていった。飯田は「カウンセラーを紹介しましょうか」と提案したが、男は断った。

「真剣にさ、子供とやりたいと思ったことある？」

「正直、ネタにしたことはあるよ。けどいくら俺の守備範囲が広いっていっても、子供とやったら犯罪だし〜」

大輝はあっけらかんと笑う。町屋の知っているゲイの中で、十歳前後の子供に興味があるというお仲間にはこれまで会ったことがない。まぁ、やったことがあるとか、やりたいとか思っていても、口にしたら人格を疑われそうなので敢《あ》えて黙っている輩はいるかもしれない。

午前中からとりかかった荷造りは、日が落ちる頃になってようやく結末を迎えた。大きなゴミは集積場に持っていったし、あとは明日、引っ越し業者が来るのを待つだけだ。疲れた上に汗臭いし、外へ出るのも面倒になったのか、大輝は気前よく寿司をとった。冷えたビールが体中に染み渡り、トロが口の中で甘くとろける。廊下のパンツまで片づけさせられたことも忘れ、町屋は空腹なライオンのように勢いよく寿司をガッついた。

「そういやサトちゃんさぁ、伸《のぶ》さんって覚えてる？」

もう酔っぱらっているのか、大輝がビール缶を三角に積み上げる。

「鬚《ひげ》の伸さんなら知ってるよ。そういや最近見ないな」

伸さんは町屋が新宿二丁目に行くようになった二十歳の頃から行きつけの店、「HAKKA」によく現れていた。歳は六十代半ば、白い顎鬚を蓄えた痩せた老人で、仙人とも呼ばれていた。

「HAKKA」は二丁目にあってもゲイバーではなかったが、客の九割はゲイだった。ナンパする客はいてもガツガツしておらず店は落ち着いた雰囲気で、一人で酒を飲んで帰る客も多かった。

伸さんはいつもカウンターで、知り合いのバーテンダーと話をしながら酒を飲んでいた。博識で優しい伸さんは、よく若い客から悩みを打ち明けられ、うんうんと話を聞いてやっていた。伸さんの横で相談を持ちかけた若い客が泣いているというのは、「HAKKA」の名物だった。伸さん自身は年寄りなので誘われることも誘うこともなく、「HAKKA」はたまに異性愛者の客もいるので、伸さんがどちらなのかはわからなかった。聞いたこともあったかもしれないが覚えてない。

「浅草でホームレスやってたよ。すんげえ老けてて最初は誰かわかんなかった」

伸さんは洒落《しやれ》たインテリの雰囲気があったので、ホームレスという現実に驚いた。今だともう七十半ばか。

「煙草《たばこ》欲しいって言うからあげたんだ。ああいうの見てるとなんか惨めだなーってこっちの方が悲しくなったよ。十年ぐらい前には、雑誌の取材を頼んだこともあったんだけどさ」

「伸さん、『guy guy』に出てたのか」

驚いた。「guy guy」は二十代から三十代までの若者がターゲットのゲイ雑誌だった。たとえ十年前でも、六十代の伸さんは雑誌の読者、大多数の性的対象から外れている。

「もしかして悩み相談のコーナーとか？」

大輝は「違う、違う」と右手をブラブラ左右に振った。

「ペドファイルの特集をやったんだよ。自称そうだって人を集めて覆面座談会をやった時に伸さんにも参加してもらったんだ。あの人、昔は教師だったんだよね。他にも会社役員とか、サラリーマンとか色々いてさ。奥さんと子供には内緒で海外に子供を買いに行くって話とかも出て、かなりえぐかったんだよね」

伸さんの正体がペドファイルだったことにも驚いたが、それ以上に衝撃だったのは……。

「女と結婚して子供もいるっておかしいだろ。子供だけしか駄目ってのが本物のペドファイルなんじゃないのか？」

大輝は「んーっ」と尻上がりに呻《うめ》き、ぐにゃりと首を傾《かし》げた。

「サトちゃんの言う本物が何なのか知らないけど、俺が取材した人は、男の子が好きだけど結婚してるとか、離婚経験ありとかそういう人が殆《ほとん》どだったよ。子供オンリーって人もいたけどね。サトちゃんさぁ、やけにペドにこだわってない？　急にそっちに目覚めちゃった？」

「んなわけないだろ。男の子しかマジ駄目って奴《やつ》がいたから、ちょっと気になったんだよ。大人には感じない、子供にしか欲情しないって奴は、犯罪でもやらかさない限り一生童貞なんかな」

「かもね。それって生まれた時から罰ゲームって感じ。けど仕方ないよね」

大輝の声は突き放した雰囲気で冷たい。そしてねっとりした蛇のような目で町屋を睨《にら》む。

「もしかしてサトちゃん、そのペド野郎に惚《ほ》れた？」

「まさか」

クリニックで一度会ったきり。話の内容が強烈だったから、一ヶ月たった今でもたまに思い出すだけだ。

「そいつが気になってるならさ、やめた方がいいよ。そういうのって多分治らないし」

「わかんないぞ。今はカウンセリングや薬もあるんだしさ」

「性別男なら誰でもいいってのと違って、男の子限定なんて筋金入りじゃん。結局は我慢する方法を覚えるだけなんじゃないの？」

ザーッと雨音が響いてくる。大輝は立ち上がり、窓辺に近づくと「雨すごいよ」と硝子《ガラス》の向こうを眺めた。

大輝の言うとおり、あの患者の求めた治療は「性欲を減退させる」で対処的だった。根本的となると、カウンセリングで考え方そのものを変えていかないと解決策などないのかもしれない。

それから一時間ほどで寿司を食べ尽くし、酒を飲み干した。埃《ほこり》っぽいフローリングで仰向けになり、このまま寝てしまいたい誘惑に駆られたが、翌朝に背中が痛くなるぞと自分を脅して諦めた。汗だくになっていたから風呂にも入りたい。外は静かなので、きっと雨も止《や》んでるだろう。

「俺、そろそろ帰るわ」

ノソリと半身を起こすと、大輝が「泊まっていけよぅ」と腰に抱きついてきた。

「まだ電車があるから」

「寂しいだろ。それに俺、今晩は一人になりたくないんだよ」

大輝の頭を軽く叩くと、しゅんとした猫みたいに俯《うつむ》いた。

「しょうがねぇなあ。寝るまでいてやるから、布団に入れ」

甘ったれた男をベッドに追い込む。大輝はシーツの上でうつ伏せになり、枕を抱えた。

「俺さ、彼氏と長続きしないじゃん。貯金もないのに引っ越しなんかしちゃうしさぁ。

最後は伸さんみたいに惨めな末路とかになんのかな。俺、ホームレスは嫌だよ」

「そう思うなら貯金して、長続きしそうなパートナーを探せよ」

大輝は枕に顔を擦《こす》りつけた。

「無理だよぅ。俺もう三十四だもん。顔も不細工だし、もてないしさぁ。若いゲイはいくらでも二丁目に集まってくるから、老けたネコなんて誰も相手にしてくんないし。それに仕事だって不安定で、今契約してるトコだって明日クビって言われるかもしんないしさぁ。サトちゃんはいいよね。資格があるからいくらでも転職できるし。給料もそこそこあるし、体が丈夫だったら食いっぱぐれることないしさ」

編集者、ライターの道を選んだのも、男と長続きしないのも、引っ越しをするのも、貯金がないのもお前が選んできてることだろうが……と思っていても、止《とど》めを刺すようなことは言わない。話を聞いてもらいたいだけで、大輝は自分のことをよくわかっている。

「だから、愚痴をこぼせる相手を他に探せって」

枕を抱きかかえる腕をポンポンと叩く。

「そういう彼氏ができてもさ、二人で一緒には死ねないじゃん。結局、最後は一人になるだろ」

「一緒に死ねなくても、二人でいたら一人の時間は短くなるんだよ。それは夫婦でも同じことだろ」

大輝は「そっか」と呟き、潤んだ目で町屋を見つめる。

「俺さあ、サトちゃん大好きだよ。けど絶対に寝たくないんだ。俺、彼氏と長続きしないからさ。サトちゃんとだけは別れたくない。ずっと友達でいたいんだよ」

「じゃあお前、今から頑張って貯金しろ。将来、一緒にゲイ専用の老人ホームに入るぞ」

「それいい。最高〜」

ようやく大輝が笑い、ふわんとした口許のまま目を閉じた。静かにしていると、また雨の音が聞こえてくる。

町屋も将来の不安がないといえば嘘《うそ》になる。家族の中では三歳上の姉、みちるだけが自分の性的指向を知っている。みちるはずけずけものを言う遠慮のない性格で、町屋が高二の春、人がいない間に漫画を取りに弟の部屋にはいり、本棚の奥に隠してあったそっち系のエロ本を見つけた。

「智、あんたってゲイなの」

部活から帰って着替えをしていたら、いきなりみちるが部屋に入ってきた。その時になって初めて、本棚の……漫画が抜けた隙間からゲイ雑誌の背表紙が見えていることに気づき、心臓が握りつぶされるようにギュッと竦《すく》み上がった。

「と……友達から借りて……」

言葉が不自然につっかえ、膝がガクガク震える。

「じゃ、どうして隠してんのよ」

「かっ、隠すよ。恥ずかしいから」

「本当は自分のなんでしょ」

有無を言わさぬみちるのきつい視線に隠しきれないと悟った。終わりだ。そう思った途端、涙がボロボロと溢《あふ》れて町屋はその場にうずくまって泣いた。

「確かめただけでしょ、別に泣かなくてもいいじゃない。ゲイならゲイで仕方ないんだから。そのかわり父さんと母さんには言わない方がいいわよ。あの人たち、頑固いから」

いくら呼んでも子供達が食事に下りてこないことに痺《しび》れをきらし、二階の子供部屋にあがってきた母親は、泣いている町屋を見て「みちる！　大学生にもなって弟をいじめるのはやめなさい」と怒鳴った。

町屋は就職を機に家を出た。姉は二十五歳で結婚し、子供を四人産んだ。家を出たとはいえ姉弟二人とも実家まで電車で十五分以内という近距離。年ごとに追加されていく、姉に似てケモノのような甥っ子、姪っ子達を家族全員で世話するはめになった。そのせいなのか、母親は思い出したように「結婚はまだなの」と町屋に聞いてきても「孫の顔を見せてちょうだい」とは言わない。

一人息子なのに、ゲイであることを告白した途端に絶縁されたという大輝には言えないが、自分の葬式は姉に子守を強制されたことで必然的に自分に懐いている甥っ子か姪っ子の誰かが面倒を見てくれるだろうと思っている。

大輝には「長続きするパートナーを探せ」と偉そうに説教したが、自分だってそんな相手はいない。彼氏は慎重に選んでるつもりなのに、想像以上に束縛がキツイとか、浮気癖があるとか、暴力的だとか、付き合いだしてから難あり物件と判明するパターンばかりで一年もたない。

またあの患者の顔を思い出す。受付で睡眠薬の処方箋をもらったあの男は、来た時よりも深く俯き、肩を落としたまま雨の中を帰っていった。

明け方、段ボールの要塞の中で目を醒《さ》ました。いい加減酔っぱらっていた上に片づけで疲れていたのか爆睡していた。固い床の洗礼を受けた背中は板みたいに強張《こわば》っていて、何度も背伸びして筋肉を伸ばした。大輝はよく寝ていたので起こさず、そっとマンションを出て地下鉄の駅へ向かう。昨日の夜は雨が降っていたが、歩道は殆ど乾いている。涼しい明け方の街を、ゆっくりと歩く。走っている人とたびたびすれ違う。大輝のマンションの周囲は飲み屋が多いが、それでもジョギングコースらしい。

欠伸《あくび》がでて、それが生臭く感じて舌先で前歯に触れる。ザラザラして気持ち悪い。帰ったら速攻で歯を磨こうと思いつつふと視線をやった先、四階建ての商業ビルの前に黒っぽい塊が見えた。

人がうつ伏せで倒れている。昨日の話が頭に残っていたせいだろうか、伸さんのような気がしてギョッとした。犬の散歩をしている老婆が、その塊を避《よ》けるように大きく半円を描いて通り過ぎる。

敬遠される塊におそるおそる近づいた。顔は見えないが、髪は黒いしスーツ越しでも中身に張りがあるのがわかる。年寄りの体じゃない。屈《かが》み込んで皮膚と爪の色を見る。多分、死んではいない。不意にグオーッと地鳴りに似たいびきが聞こえ、男からプンと酒の臭いが漂った。

雨が止んでから倒れ込んだのか、男の服は濡《ぬ》れていなかった。いくら夏でも雨の中で眠り込んだら低体温症になってやばい。歌舞伎町《かぶきちょう》や二丁目では、酔っぱらったホストや客がよく路上で寝ている。冬場は流石《さすが》に誰かが回収していくが、夏場は放っておかれることも多い。この男も酔っぱらって道ばたで眠り込んだんだろう。

男のしている時計、盤面のブランドマークに気づいて町屋はゴクリと唾を飲み込んだ。……これって百万近くするんじゃないだろうか。よくよく見れば靴もカットが特徴的な海外メーカーの十万超え。「高いな〜」と思いながら雑誌で見ていたやつだ。スーツも汚れてはいるが、吊《つる》しではお目にかかれない柔らかな光沢がある。

「……んんっ」

男が小さく呻き、顔を横に向けたがまだ目は閉じたまま。どこかで見たことがある気がする。人の顔を覚えるのは得意な方だ。どこでだったか……パッと靄《もや》が晴れるように思い出す。あの患者に似てないか？　子供しか愛せないと言っていた例の……。

気づくと同時に町屋は男に背を向けていた。もし自分がこの男だったらと仮定する。子供に対するセックスの欲求を抑えられないから抑制する薬をくれ、と訪ねていったクリニックにいた看護師に街中で会いました。さぁ、どう思う？

答えは『見て見ぬ振りをして通り過ぎてもらいたい』だ。

数歩歩き、町屋は立ち止まった。今起こして朝早いうちに帰らせたら、この男はこれ以上みっともない姿を人前でさらさなくてもすむなと。

数分悩んで結局、踵《きびす》を返した。起こすだけ起こしてすぐに立ち去ればいい。クリニックで顔を合わせたのは診察室に案内した時と、処方箋をもらうのを受付の奥からチラリと覗いた時だけ。相談内容のせいで男に対する印象は強いが、男はすれ違った程度の自分のことは覚えていないかもしれない。

男の脇にしゃがみ込み「あの」と声をかけた。

「起きてください」

反応がないので肩を摑《つか》んだ。細く見えたのに、思いのほか筋肉がついてがっしりしている。そういえば毎朝走っていると話してたっけ。

「ここで寝てちゃ駄目ですよ」

強く揺さぶると、ようやく男が五月蠅《うるさ》げに顔を顰《しか》めて瞼《まぶた》を開けた。眠そうな目玉が振り子のようにゆっくりと左右に揺れ、乾いた唇から「こ……こは」と掠《かす》れた声が漏れる。

「酔っぱらって道の上で眠り込んだんじゃないですか。電車も動いているし、早く帰った方がいいですよ」

男は脂ぎった額を押さえ、のろのろと体を起こした。

「ど……なたか存じませんが、ご親切にありがとうございます」

やっぱり自分のことを覚えていない。……よかったと安堵《あんど》すると同時に、少し残念に思ってしまうこの矛盾。

「じゃ俺はこれで」

町屋が行こうとすると「あの」と背中に声がかかった。もしかして思い出したか？

不安と期待にドクドクと脈打つ心臓を宥《なだ》め、ゆっくりと振り返る。

「僕の鞄《かばん》を知りませんか」

「鞄？」

「通勤鞄です。革でこげ茶の……あれに財布が入っていたんですが」

「……見てないですけど」

行き倒れたような男の周囲には何もなかった。男は「うーん」と唸《うな》りながら、無精《ぶしよう》髭《ひげ》の顎を掻《か》いた。

「どこかに忘れてきたかな？」

のんびりとした口調で呟く。

「それって寝ている間に盗まれたんじゃないですよね？」

ようやくその可能性に思い至ったらしく、男の顔面がみるみる蒼白《そうはく》になった。

「財布の中にクレジットカードはありましたか」

男が「いっ、一枚だけ」と答える。

「電話してすぐに止めないと」

男は上着のポケットからスマートフォンを取り出した。そして「……番号がわからない」と絶望した顔で町屋を見上げた。

「カード会社を検索すれば、番号ぐらいすぐにでてくるでしょ。盗難に関しては二十四時間対応してくれるはずですから」

町屋の勢いに押されたのか男は慌てて検索し電話をかける。男の話が終わるのを待って「家はこの近所ですか？」と聞いた。

「電車で十五分ぐらいです」

「お金、ありますか？」

男はフルフルと首を横に振る。町屋は財布から千円札を取り出し、差し出した。

「どうぞ。電車にも乗れないでしょ」

男はじわっと赤面し「本当にすみません。お借りします」と頭を下げて千円札を受け取った。

「パスケースも鞄の中だったんです」

千円札を丁寧にしまったあと、男はスーツの胸ポケットからレザーの名刺入れを取り出した。

「私はこういう者です」

差し出された名刺には「山武《やまたけ》百貨店　外商部　課長　久瀬圭祐」と印刷されてあった。

「借りたお金をお返ししたいので、ご迷惑でなければお名前と電話番号を教えていただけませんでしょうか」

「お金はいいです」と断って立ち去るというスマートな選択肢もあった。それなのに男と連絡先の交換をしてしまった。

鞄の紛失を警察に届け出るという男とはその場で別れた。時間が早すぎてガラガラの電車にガタンガタンと揺られながら、もらった名刺を何度も財布の中から取り出す、戻すを繰り返している。外商ということは、普段は金持ちばかり相手にしているんだろうか。目の肥えている客のチェックに耐えられるよう、靴やスーツ、時計などある程度の水準のものを身につけているのも納得できる。

　動画でもないのにじっと名刺を見ていると、着信音が響いた。慌ててスマホを取り出す。大輝からで『昨日は手伝ってくれてありがと～またどっか飲みに行こう』とある。『オッケー。またな』とそっけなく返して、スマホをポケットにしまう。

　普通だったなと思う。酔っぱらって路上で寝ていたのは大失態だとしても、目覚めてからの男の受け答えに、抜けているところはあっても非常識な部分はなかった。自分はあの男にどんなイメージを持っていたんだろう。性的嗜好がどうであれ、働かないと食べていけない。働くには周囲との協調性が必要だ。百貨店、それも外商で働いているあの男は人付き合いに関してはプロなんだろう。

　人当たりがよさそうだという点においては伸さんと同じだなと思いながら、窓の外を流れるトンネルの暗い景色にぼんやりと視線を移した。

　久瀬から電話連絡があったのは、その日の夜。スマホの液晶画面に表示された名前を見た瞬間、思わず息を呑《の》んだ。

　電話を受ける町屋も緊張していたが、向こうも緊張していたようで『朝方お世話になった久瀬と申します』と名乗る声は堅苦しかった。借りていた電車代を返したいから、水曜日の夜に会えないかと言われ、待ち合わせの場所と時間を決めた。

当日はデートでもないのに小綺麗《こぎれい》な服装で出勤し、クリニックの入り口で鉢合わせした渋谷に「あらぁ、今日はお洒落しちゃってどうしたの～」と背中を叩かれ、「仕事帰りに友達と会うんですよ」と言い訳しながら、わかりやすく浮かれている自分が気恥ずかしかった。

待ち合わせの駅前に、ほぼ時間どおりに町屋は着いた……が、久瀬の姿は見えない。七時を一分、二分過ぎる毎《ごと》に不安が風船みたいに膨らんでいく。水曜の七時にと約束したが、もしかして来週の水曜のことだったんだろうか。久瀬に電話して確かめてみようかと思ったが、遅刻なら掛けることで相手を急《せ》かしてしまいそうで躊躇う。けど間違えているなら、待っている自分は大間抜けで……。

七時十分、駅の改札から走ってくる男が見えた。背が高い。期待に胸が高鳴る。やっぱり久瀬だ。遅刻してきた男は、券売機の脇に立っていた町屋の前でハアハアと息を切らし「自分から場所と時間を指定したのに、遅刻して申し訳ありませんでした」と謝った。

「中央線が途中で止まってしまって……本当にすみません」

何度も謝るから、町屋も「十分ぐらいだし、全然待ってませんから。大丈夫です」と繰り返さないといけなかった。久瀬は「これを」と現金の入っているであろう封筒と、有名ブランドのロゴが印刷された小さな紙袋を差し出してきた。

「袋の方はつまらないものですがお礼です。どうぞ」

一度は遠慮したが、人へのプレゼントとして用意したものを久瀬も持っては帰れないだろうと思い、二度目に勧められた時には「気を遣わせてすみません。いただきます」と礼を言って受け取った。久瀬はホッとした表情でニコッと笑った。……最初に見た時から、割と好きなタイプの顔だなと思っていたが、やっぱりいい。

「これから予定はありますか？」

久瀬がさりげなく聞いてくる。

「もう家に帰るだけですけど」

「もしよかったら、一緒に食事でもどうですか」

気持ちがフワッと浮き立つ。断る理由もないので「いいですね」と話に乗った。

「苦手なものはありませんか？」

「特には」

「じゃあ僕の知っている店でもいいですか」

町屋は「はい」と大きく頷《うなず》いた。久瀬が先に立って歩き、その少し後をついていく。

ふわっと甘い香りに鼻先をくすぐられ、心臓がトクンと騒ぐ。久瀬は香水をつけている。甘いだけでなく、ほんのりスパイシーでエキゾティックな香りはこの男の雰囲気によく似合っている。

背が高くてスタイルがよく、質のよさそうなスーツを当たり前に着こなし、官能的な香りをまとう。そんな男が町屋を連れて行ったのは、駅の裏にある宮崎の郷土料理が専門のこぢんまりした店だった。

料理は地鶏《じどり》を使ったものが多く、久瀬のお勧めのチキン南蛮と朝日蟹《あさひがに》、トビウオの天ぷらと、町屋はご飯物が食べたかったのでレタス巻きを頼んだ。ビールで乾杯したあと、久瀬は改めて「先日は本当にお世話になりました」と深々と頭を下げた。

「実は今日、通勤鞄が見つかったんです。財布の中身とクレジットカードはなくなっていましたが、現金はさほど入ってませんでしたし、カードも停止していたので被害は最小限ですみました。町屋さんのアドバイスのおかげです。ありがとうございました」

「もういいですって。俺はたまたま通りかかっただけだし」

「それにあの時間に起こしてもらわなかったら、僕は仕事に遅刻するところでした」

「えっ、けど日曜日ですよね」

「週休二日なんですが、休みは不規則ですね。土日は大抵、出勤しています」

確かに百貨店は平日より土日や祝日の方が客も多くて忙しい。それは外商も同じなのかもしれなかった。課長は管理職だと思うが、役職があがっても休みが不規則なのは厳しいんじゃないだろうか。

「大変そうですね」

　久瀬は「そうでもないですよ」と笑顔で髪を掻き上げた。高級時計が巻き付いた手首の内側、筋張った部分の感じが好きだ。

「僕は趣味が乗馬なんですが、平日の午前中は空《す》いているので都合がいいんです」

「乗馬……ですか」

　知り合いに競馬好きはいるが、趣味で馬に乗っているという人に会ったのは初めてだ。

「馬が好きなんです。動物と一体になれるスポーツは楽しいですよ。町屋さん、乗馬をしたことはありますか？」

「いや……馬に乗るのは、時代劇の人だけかと」

　久瀬は目を細め「ははっ」と口を開けて笑った。八重歯がチラリと覗いて可愛《かわい》い。

「興味があるならいいクラブを紹介しますよ。体験コースも充実してますし」

　乗馬だけでなく、久瀬は趣味が多彩だった。うどんやパスタも麺から作るそうだし、映画もよく観《み》ている。大型バイクの免許を持っていて、昔は一人で北海道をツーリングしたという。

　町屋といえば、趣味はロールプレイングゲームぐらいしか思いつかない。久瀬はロールプレイングゲームをしたことがないという話だったが、それでも町屋が話せば時折質問を挟みながら相槌《あいづち》を打ちつつ興味深そうに聞いてくれる。

話も弾むし酒も進む。暑くなったのか、途中で久瀬は背広を脱いだ。甘い香りが柔らかく漂う。シャツ姿になると、香りも相まって久瀬の色気が何倍も増す。布地越しでも、引き締まってメンテナンスが効いているとわかる体。一度寝てみたいと思うのは自分が酔っぱらってきたからだろうか。そんな浮ついた好意も、背広のポケットから落ちた……銀色に光る指輪を久瀬が拾い上げるのを見た瞬間、スッと醒めた。クリニックに来た時にはつけてなかったし「子供しか愛せない」と言っていた。大輝が話していたペドファイルの座談会を思い出す。もしかして久瀬もカモフラージュで女性と結婚しつつ、陰で子供に欲情する男なんだろうか。

心の中に渦巻く黒い物を呑み込み、さりげなく聞いた。

「それ、結婚指輪ですか？」

「あ、これは……」

久瀬は変に言い淀《よど》んだ。そして決まり悪そうに微笑《ほほえ》むと「誰にも内緒ですよ」と人差し指を口にあてた。

「僕は独身なんですが、外商の仕事をしているとお客様から娘や孫とお付き合いを前提に会ってみませんかという話をけっこういただくんですよ。お断りしてるんですが、それがもとでトラブルを起こして会社に迷惑をかけてしまったことがあるんです。あの時はストレスでかなり胃にきましたね。僕はもともと新宿店にいたんですが、先々週から池袋店に異動になったんです。職場が変わったのを機に上司と相談して、二度と同じトラブルが起きないよう既婚という設定にさせてもらったんです。ま、お客様限定ですけどね。そういうわけで仕事中はいつも指輪をつけるようにしてるんですよ」

久瀬は清潔感があり、話も上手く人当たりもいい。数時間しか接したことのない同性の自分がこれだけ惹《ひ》かれるのだから、客に気に入られ婿にと乞われるのもよくわかる。

「道で酔いつぶれた日は、新しい職場で僕の歓迎会があったんです。早く同僚と打ち解けられるよう勧められるがまま飲んでいたらあんなみっともないことになって、お恥ずかしい限りです。……そういえば、町屋さんはどんなお仕事をされているんですか？差し障りがなければ聞かせてください」

迷ったが、誤魔化すのも面倒で正直に看護師だと告げた。久瀬は「それで」とポンと手を打った。

「看護師さんだから、道で寝ていた僕が心配になって起こしてくれたんですね」

変な所で納得していた。職業を聞いたものの、久瀬は町屋の仕事についてそれ以上、突っこんでくることはない。こちらに興味がないのかと思ったが、もしかしたらこちらの喋りたくない空気を察し、気を遣って聞いてこないのかもしれなかった。

「町屋さんと話していると、楽しいな」

久瀬は人好きのする顔で笑った。

「外商ってすごく気を遣うんですよ。お客様は担当の社員を信頼して買い物をしてくださるから、紹介する商品の選択、対応、発送、商品がお手元に届いて、その後のメンテナンスまで、その期待を裏切ることはできない。だからお客様から電話があると、何かうちで買い物をしてくださるんじゃないかという期待と同時に、クレームではないかと緊張するんです。その上、職場ではノルマがあって社員同士を競わせるので、仲間であると同時にライバルになってしまって、なかなか心を許せなくて」

町屋さんは、と久瀬は続けた。

「一緒にいてすごく安心します。仕事関係の人ではないし、最初に酔っぱらって道の上で寝てるなんて最悪なところを見られたから、今更どんなにかっこをつけても仕方ないって思うのかもしれないですけど」

頭を掻きながら、久瀬は自虐的に微笑む。

「久瀬さんはかっこいいです。仕草も綺麗だし、仕事ができる男って雰囲気がありま す」

本音で話をする。久瀬の頬が滲《にじ》むようにじわっと赤くなり、それが恥ずかしいのかシャツの袖で顔を隠す。照れている仕草が可愛い。

「止《よ》してください。酔い潰れて路上で朝を迎えたなんて、僕は絶対誰にも言えないと思ってるのに」

どこか引っかかりを感じる。違和感の正体を摑めないまま、楽しい時間は過ぎていく。歳も近く見てきたものも同じで、笑いのツボも似ている。昔のCMソングのタイトルを二人とも思い出せず、検索して「これこれ」とユニゾンで叫ぶ。スマホを出したついでにLINEを交換した。酒を追加しつつ四時間ほどその店で飲み、〆《しめ》に冷や汁を食べた。店を出た久瀬は「外は蒸しますね」と油断した顔でネクタイのノットを緩め、「明日はしっかり走らなきゃ」とため息と同時に腹回りを押さえた。

「また連絡させてもらうので、町屋さんの都合が良ければ一緒に飲みましょう」

社交辞令でなく本気でそう言っているのは、機嫌のよさげな表情でわかる。駅前で別れ、家に着くか着かないかの頃に『今日はとても楽しかったです。また美味《おい》しい物を食べにいきましょう』と付き合いだした彼氏のようなメッセージを送ってきて、町屋を身《み》悶《もだ》えさせた。ベッドに寝転び、久瀬のメッセージを何度も繰り返し読む。口許が自然とにやける。ふわふわした気分に浸っていると再び着信音。久瀬だと疑わず慌てて画面を開いた。

『引っ越し先の片づけ終了。遊びに来てよ～』

大輝は今日、町屋が久瀬と食事に行ったとは知らないから、牽制《けんせい》しているわけではない。それでも何気ないコメント一つで浮かれていた気持ちが萎える。久瀬は子供が好きで、男の子しか愛せないと訴えていた。しかも襲ってレイプしそうになるから――そこまで直接的には言ってなかったが——性欲が減退する治療をしてくれとクリニックまで来た男だ。

久瀬と話をするのは楽しく、それと同時にどこか釈然としないものを感じていた。何もかも普通なのだ。身なりがよく品があり、会話が上手く気遣いのできる男。あの久瀬を前にして、彼が子供しか愛せない男だとは誰も思わないだろう。

酔っぱらって路上で寝ていたことを、久瀬は恥ずかしくて誰にも言えないと話していた。じゃあ子供を襲いたくないから治療をしてくれとクリニックに行ったことは、久瀬の中でどれぐらいの羞恥心を伴っているんだろう。一生言えない秘密だろうか。

「何かなぁ」

町屋はスマホに向かってため息をつく。久瀬が自分に人として好印象を持ってくれたからといって、こっちばかり勝手に盛り上がっても仕方ない。大輝が言っていたように、性嗜好はどうにもならないし、一口にゲイといっても、男が好きでも女とできる奴もいるし、男しか駄目な奴もいる。町屋は男しか駄目だ。女としろと言われても絶対にできない。仮に自分が久瀬のパートナーとして立候補したところで、自分が女としろと言われるのと同じプレッシャーを相手に与えるだけかもしれない。絶望的な状況の中、唯一の救いは久瀬の対象の性別がオスということぐらいだろうか。

カウンセリングがあるぐらいだから、久瀬の目を子供から成人の自分に向けるよう、上手く誘導することはできないだろうか。学生の時に授業でペドフィリアについても学んだが、言葉の意味程度でごく浅く、鬱や統合失調症ほど深くは勉強していない。久瀬に関わると絶対に面倒くさいことになる。のめりこまない方がいい。わかっているのに、久瀬のことを考えるのを止められない。自分が恋愛の導入部に片足を突っこんでいるのは、火を見るよりも明らかだった。

クリニックの近所にカツ丼の店ができ、午前十時までに注文すれば昼に届けてくれるらしいと渋谷が聞きつけ、飯田と渋谷、町屋の三人分を頼んでくれた。

十二時半、午前中最後の患者が帰るのと入れ替わるようにしてカツ丼が届き、受付の奥にある四畳半ほどの控え室にあるテーブルを三人で囲んだ。カツが揚げたてで香ばしく、カリッとした食感で中はジューシー。安いのにメチャクチャ美味い。飯田、渋谷のおばちゃん二人組を大幅に引き離し、町屋は早々に完食した。

「町屋君、お茶のおかわり」

渋谷に命じられ、おばちゃん二人のコップにお茶を注ぐ。同い年の渋谷と飯田は、さっきからずっと超大型の台風十九号の話をしている。台風は明後日九州に上陸し、二日かけて日本を縦断する見通しだ。台風のピークが日中にきたら、クリニックの予約はおそらくキャンセルが続出する。

「キャンセルを他の日に割り振るのが本当、大変なんだから」

渋谷は子供のように唇を尖《とが》らせる。

「人間って天候に左右される生き物よねえ」

飯田がしみじみと呟く。二人の話を「そうですねえ」と聞き流しながら、町屋は久瀬のことを考えていた。あの男が酔っぱらって歩道で寝ていたのは八月の半ばで、あれから一ヶ月半が過ぎた。その間、久瀬とは五回会っている。一昨日は久瀬の自宅に呼ばれて、手作りのパスタを食べさせてもらった。久瀬は駅の近くにあるマンションの八階、2LDKの部屋を賃貸ではなく購入していた。一人で暮らすには十分だが、結婚して家族と住むなら少し手狭な物件だ。

エントランスの前で来訪を告げると入り口のオートロックが解除される。建物の中に入って部屋の前までゆくと、インターフォンを鳴らす前にドアが開いて驚いた。久瀬がひょいと出てくる。

「足音が聞こえてね。いらっしゃい、待ってたよ」

七分袖のカットソーにジーンズという飾り気のないシンプルな服装が、久瀬にはよく似合っていてかっこよかった。

「おじゃまします。ごちそうになりに来ました。……あとこれはお土産」

ワインを差し出すと「気を遣ってくれなくてもいいのに。ありがとう」と久瀬は笑顔で受け取ってくれた。

「好きな銘柄だよ。嬉《うれ》しいなあ」

背後に回した右手で小さくガッツポーズをとる。高級志向の久瀬にガッカリされないよう自分にしてはかなり奮発したからだ。

部屋の中は、物がなくシンプルで、掃除が行き届いていた。まるでモデルルーム。久瀬の外見からしてまぁ、想像の範囲内だ。

「すぐにできるから、それまで寛《くつろ》いでて」

そう言われても、綺麗過ぎてゴミの一つも落としてはいけないような緊張感に、町屋はリビングのソファにちんまりと腰掛けた。向かいに立っていた久瀬が、大きく屈み込んで町屋に顔を近づけ、鼻をスンと鳴らした。

「初めてつけてくれたね。その香り、君にとても似合ってる」

久瀬は微笑み、カウンターの奥にあるキッチンに戻った。キスができそうなほど近づいた久瀬の顔に、騒ぎ出した心臓が落ち着いてくれない。

今日つけた香水は、久瀬に貸した千円の返却と一緒に「お礼です」と手渡された紙袋の中、山武百貨店の商品券と共に入っていた。男から香水をプレゼントされるなんて初めてで驚いた。嬉しかったけどつけるのは気恥ずかしい。生まれてから一度も使ったことがなかったからだ。香水は大事にベッド脇に飾ってあったが、久瀬の家に誘われた時、これはチャンスだと思った。やりすぎないよう慎重に香りをまとう。敏感な久瀬は自分が贈ったものだと気づき、そして似合うと褒めてくれた。

落ち着かないままキョロキョロと周囲を見回す。生活感のない部屋の中に唯一、人の気配を感じさせるものを見つけた。テレビボードに飾られている写真。近づいて手に取る。それは青い屋根の家の前で撮られていて、年齢も様々な八人が写っていた。右端で今よりも随分と若い、おそらく二十代前半の久瀬が五、六歳の男の子を抱いて笑っている。久瀬の子供にしては大きすぎるが、顔がよく似ている。この子は誰なんだろう。

「恥ずかしいなあ」

背後から聞こえてくる声。手にしていた写真立てを落としそうになった。

「古い写真だろう」

見ていたことを怒っている口ぶりではなかったから聞けた。

「これって久瀬さんの家族？」

「そう。両親と祖父母、姉と義理の兄と甥っ子。撮ったのは十五年ぐらい前かな。この後に姉が離婚して家に戻ってきたんだ」

「何かごめん」

「謝らなくていいよ。離婚なんて珍しくもないし、姉も再婚したしね。僕は結婚式に行けなかったから、写真でしか新しい旦那さんの顔を見てないけど」

「実家ってどこ？」

「神奈川。今度行く？　案内するよ」

実家が遠くて姉の結婚式に帰れなかったのかと思ったが、意外に近い。もしかしたら姉弟仲が悪いのかもしれないけど、それは自分が知らなくてもいいことだ。

久瀬に右手を差し出される。返せと催促されている気がしてその手に戻す。久瀬は写真立てをもと通り、テレビボードに置き直した。写真立ての硝子面、写真に写っている自分を撫でるように指を滑らせる。

「久瀬さん、実家にはあまり帰らないの？」

「忙しいからね」

サクッと答えたあと「君とこうして会ってるのに、説得力ないね」と苦笑いした。

「実家が苦手なんだ。帰ると決まって『三十を過ぎたのに結婚はまだなの』ってプレッシャーかけられるから、自然と足が遠のいた」

久瀬の視線が再び写真に向けられる。さっき写真の若い自分自身を撫でたように見えたが、そうではないとしたら。もしかして抱いてる甥っ子を……想像に背筋がゾワッとあわ立った。慌ててその思考を投げ捨てる。

「久瀬さんはひょっとして結婚とか考えてない人？」

「うん」

即答だ。

「僕は色んなものへのこだわりが強すぎるんだろうね。他人と一緒にいるよりも一人が楽だから、ずっと独身だと思うよ。君はどうなの？」

これまで久瀬に恋人の有無や結婚観を聞かれたことはなかった。

「俺もそうかな。人と暮らすのって面倒くさそうだし」

半分本音で、半分嘘だ。

「じゃあ同じだ」

久瀬は嬉しそうに微笑む。その笑顔が好きだと思うと同時に、投げ捨てたはずの思考が蘇《よみがえ》ってくる。写真に写った幼い甥っ子。今のタイミングだったら聞ける気がする。

「その写真で、久瀬さんが抱っこしてるのが甥御さんなんだよね」

久瀬から一瞬だけ表情が消え「そう」とそっけなく言葉が吐き出された。黄色信号が見える。

「今、いくつ？」

「十九だよ。……どうして？」

「久瀬さんに似て、男前だと思ったから」

茶化すと、久瀬は声をたてて笑った。

「確かに伊吹《いぶき》は義兄《にい》さんよりも僕に似てるって言われてたな。最後に会ったのが中一の時だから、もう七年近く会ってないのか。大人になっただろうな」

久瀬は写真を振り返り、昔を懐かしむ表情でじっと見つめる。久瀬はこの甥っ子に想《おも》いを寄せている気がして仕方ないが、事実を確かめることを「何も知らないはずの自分」ができるわけもなかった。

久瀬と頻繁に会うようになってからは、再診で鉢合わせしたらどうしようと気が気ではなかった。睡眠薬は二週間分しか処方されていないので、とっくに切れている。それでも初診から三ヶ月近く来院しないという今の状況は、クリニックを変えたか、症状が落ち着いたかのどちらかだろう。久瀬は妄想が酷《ひど》くなる原因としてストレスをあげていた。それが客か職場でのトラブルだったとしたら、店を移ったことで解消されたのかもしれない。

あの日、久瀬自作のパスタは麺に腰があり、プロのシェフが作ったように美味しかった。持っていったワインも全て飲み尽くしたし、話も弾んだ。久瀬の顔を、喋るのも忘れてじっと見つめてしまい「ぼんやりしてるよ。酔っぱらったの？」と何度も笑われた。

楽しさは久瀬のマンションを後にするその瞬間まで続いた。一人になった途端、何とも言えない寂しさに取り込まれる。いつかあの男は自分の手に入るんだろうかと考えて、余計に虚《むな》しくなった。

……電話の呼び出し音で、町屋はフッと我に返った。ドア越しに繰り返し響いてくるあれは受付の電話だ。控え室に内線はない。渋谷が「もうっ」と面倒くさそうに立ち上がり部屋を出て行く。飯田は「午後からも忙しいかしら」とティッシュで口許の油をぬぐい取った。

「先生はどうして性犯罪者の薬物治療をはじめたんですか？」

「急にどうしたの？」

久瀬との関係を話せるわけもなく「俺、色々な病院で働いたけど、そういうの初めてだったので」と言葉を濁し、無意識にお茶のコップを握りしめた。

「確かにやっているところはあまりないわね。私の恩師が性犯罪者の薬物療法に積極的な人だったのと、私自身も治療の効果を実感したからかな。適切な薬の使用は、再犯のリスクを確実に遠ざけられるし。何よりうちに治療に来る人は、加害者であっても『どうにかしたい』と本人や家族が苦しんでいる人が殆どだから」

そういえば、と飯田は続けた。

「三ヶ月ぐらい前に『性欲を抑制する薬をください』って来た男の人がいたでしょ」

町屋は飲んでいたお茶を思わずむせ込みそうになった。

「あれから姿を見ないわよね。気持ちは落ち着いたのかしら。うちが合わなくて他院にかかっているのかもしれないけれど」

あの患者と友達付き合いをしているなんて、口が裂けても言えない。

「性犯罪の中でも、小児性愛は難しいのよね。窃盗、傷害の前科があって、成人にも興味があるけど、幼児へのわいせつ行為もするという加害者だと、犯罪に対する抵抗感があまりなくて、単に力が弱いからという理由で子供を選んだという可能性が高くなる。わかりやすく言うと、節操なしってことね。それと子供にしか欲情できないタイプの加害者は同じではないんだけど、世間一般的には子供に手を出した時点で同列。この前の男の人は、もう少し話してみないと確信はできないけど、純粋型のペドフィリアじゃないかしら」

「あの人は、その……治療は必要なかったんですか？」

「彼は大丈夫でしょう。子供を襲いそうで怖いと言ってたけど、まだ計画を実行に移すような具体的な準備は何もしてなかったし。彼は自分のことを分析できる、臆病で賢い人なんじゃないかしら。ストレスがあったと話していたし、それが解消されて不眠がなくなり、生活のリズムを取り戻せたらおそらく自制できるわ。妄想が酷くなった、それだけで不安になって病院に来るような人だから、普段は人一倍気をつけているんでしょうし」

「気をつけるって、それは普通の人に擬態してるってことですか？」

飯田は笑った。

「擬態なんて面白いこと言うわね。確かにある意味、擬態かも。けど性嗜好なんてその人の一部でしかないから、本人が犯罪とされる行為に走らない限り、子供を好きでいることは犯罪ではないわよ。でなければ殺人事件を書くミステリー作家が全員、逮捕されることになるわ。犯罪歴のある人は抑止力が弱くて、妄想が行動の引き金になるから治療をするけど、大抵の人は自制できてる。頭の中で何を考えていたとしても、要は罪を犯さなければいいのよ。自分の頭の中まで他人の価値観に支配されるなんて、生き地獄そのものでしょう」

朝から空は灰色の厚い雲に覆われ、雨は降ったり止んだりしていた。テレビで大げさに煽《あお》っていた割に大したことないなと思いつつ出勤し、診察準備をしている間に急に風が強くなった。窓硝子が風圧に押されてボワッと音をたてる。台風の風だ。雨も無慈悲なほど横殴りになり、予想どおりキャンセルが相次いだが、この天候の中でも予約どおり受診する猛者《もさ》もいれば、初診の患者も来た。町屋はずぶ濡れの患者一人一人にタオルを配った。

とはいえ受診者の数は圧倒的に少なく、十一時には待合室の患者がゼロになった。飯田は控え室で台風十九号関連のニュースを観ながら「午後から休診した方がいいのかしら」と頭を悩ませていた。

「今もけっこう酷いけど、午後はもっと雨と風が強くなって夕方がピークですって。電車とバスが止まったら帰れなくなるわよね」

ますます酷くなる雨風に急かされるように、飯田は休診を決めた。午後の予約患者には電話連絡をしたが、三人ほど電話が繋《つな》がらないと渋谷が困っていた。

どうしようと話しているうちに、午後の予約だった患者が午前なのに「今の時間ならまだ大丈夫かと思って。お願いします」といきなり現れた。来たものを追い返すわけにもいかず飯田は診察する。このままだとグダグダになると確信し、町屋は控え室でA4のコピー用紙に油性マジックで「誠に申し訳ありません。本日台風のため、休診します」と書いた。

「これ、ドアの外に貼ってきます」

渋谷に声をかけ、クリニックの外へ出ようと靴を履きかけた時に、ドアが大きく開いた。勢いのある風と飛沫《しぶき》が吹き込んできて、町屋の手にしていた紙切れが勢いよく背後に飛ばされる。体を捻《ひね》って咄嗟《とっさ》に手を伸ばしたが届かなかった。

「申し訳ありません」

ドアは閉じられ、暴れん坊の風が消える。聞こえてきたその声に、まさか……と思いつつ、町屋はおそるおそる振り返った。

「こんな天気の悪い日にすみません。クリニックは開いてますでしょうか」

もう聞き慣れた声。ジーンズにシャツという休日の服装で、けれどずぶ濡れの久瀬が雨粒が滴る前髪を掻き上げた。よそ行きの目と視線が合う。相手が誰なのか気づいたのだろう……久瀬が息を呑むのがわかった。

時間が止まる。あんなに酷い風の音、雨の音が何も聞こえなくなる。

「ご予約の方ですか？」

渋谷に破られる静寂。久瀬が「あっ、あの……」と困惑している間に、町屋は休診の用紙を拾い上げ、控え室へ逃げ込んだ。どうしよう……ばれた。受診しているクリニックの看護師だと知られた。体が震える。控え室のドアが開いて、飛び跳ねるぐらい驚いた。そんな自分の反応に、渋谷の方が「どうしたのよ」と戸惑っていた。

「今から診察するからって、先生が呼んでるわよ。患者さんはもう診察室に入ってるから、早く」

自分に拒否権などない。このために雇われているのだ。診察室を通らず、受付の裏から息をひそめるようにして薬品備品庫に入った。

「……準備できました」

震える声を抑えて、カーテンの向こうに声をかける。

「ここは看護師も患者の話を聞いているんですか？」

診察室から聞こえる久瀬の声には、拭いようのない不信感がみなぎっている。

「処置が必要な際には迅速に手伝ってもらえるよう、看護師には常に近くで待機してもらっています」

飯田の声は冷静だ。

「看護師がよそで患者の話をするという可能性はないんですか？」

胸が痛くなり、そんなことをして治まるわけでもないのに心臓をそっと押さえた。

「ありませんよ。医師の私だけでなく看護師にも守秘義務があります」

久瀬は黙り込む。町屋はカーテンの内側に立ったまま、口許を押さえた。正直に精神科クリニックの看護師だと言えばよかったんだろうか。でもそうしたら久瀬は自分を警戒して人懐っこく微笑んではくれなかっただろう。

長い沈黙のあと、久瀬は口を開いた。

「以前いただいた睡眠薬ですが、あれを使うとよく眠れたんです。調子がよくなり薬がなくても眠れるようになっていたんですが、また最近気になることがあってなかなか寝つけなくなってしまって。あの時と同じ薬を処方してもらえないでしょうか」

「わかりました。……その後、妄想の方はどのような状態ですか？」

そう聞いた飯田に「ストレスの原因がなくなったし、気晴らしができているのでもう大丈夫です」と前は必死で訴えた問題をこともなげに投げ捨てた。

診察は十分ほどで終わる。町屋は薬品備品庫の壁に凭《もた》れたまま、久瀬が帰るのをじっと待った。騙《だま》されたと思っているだろうか。それならもう二度と自分に連絡はないかもしれない。

「町屋くーん」

渋谷の声がする。今、顔を出すと受付で久瀬と鉢合わせするかもしれない。出るに出られずぐずぐずしていると、薬品備品庫の仕切りであるカーテンがジャッと開かれた。渋谷が顔を覗かせる。

「今、忙しい？」

「あ、大丈夫ですよ」

「さっきの患者さんがね、町屋君と話をしたいって言ってるのよ」

寒くもないのに、背筋がひやりとした。

「……どっ、……どうして……」

「どうしてって、知り合いなんでしょ？」

嘘……ではない。そして久瀬が何を考えているのかわからない。このクリニックの看護師だったこと、そして久瀬が墓まで持っていきたかった秘密を知っていたことに、怒ってるんじゃないのか？

意図がわからないまま受付に出て行く。久瀬はカウンター越しに「こんな所で会うなんて思わなかったよ」と爽やかに微笑んだ。

「看護師なのは聞いてたけど、まさかここに勤めてるなんてね。先に話してくれたらよかったのに」

愛想のよい、普段どおりの態度は逆に違和感しかない。

「今日はもう休診なんだってね。僕は仕事が休みだったんだ。台風が来てるし診てもらえるかどうか心配だったけど、薬がもらえそうでホッとしたよ」

返事のできない町屋のかわりに、渋谷が「せっかく来院してくださったんですしね」と愛想よく答える。

「こんな天気だけど、もし予定がなかったら、これから昼ご飯でも一緒にどう？　確か電車で通勤してるんだよね。僕は先に駅に行って待ってるから」

断ることを許さない、一方的な約束。久瀬は自分に向かって微笑みかけているのに、その顔が怒っているように見えて仕方なかった。

仕事を終えると、すぐにクリニックを出た。土砂降りの雨の中、駆けつけた駅の改札周辺は朝のラッシュアワー並みに人で混雑していた。架線トラブルがおこり、電車が止まっているというアナウンスが流れる。この分だと復旧しても台風のピークと重なり、今日は動かないかもしれない。

うねる人波の中、改札の横にいた久瀬をようやく見つけ出す。ひとまず移動しようとタクシー乗り場へ行くも、最後尾も見えないほどの長蛇の列。こちらもどれだけ時間がかかるかわからない。

とりあえず腹ごしらえでもと、駅近くの飲食店を見て回る。昼時なのと、駅からあふれた人が流れてきているのか、どの店も外へ列ができるぐらい人が殺到している。いつも閑散としている不味《まず》い中華料理店でさえ満員御礼だ。

移動手段もなく、かといって外を歩けばずぶ濡れで行き場がない。最後の手段としてクリニックに電話すると、渋谷がまだ残っていた。クリニックに戻って事情を話し、しばらく雨宿りをさせてもらうことになったが、十分もせぬうちに渋谷は夫が迎えに来て帰ってしまい、町屋の手にはクリニックの鍵が残された。

患者用の待合室ではそっけないので、控え室に久瀬を招く。テーブルを挟んで向かい合い、近くのコンビニで調達してきたパンを食べる。もっとマシなものがよかったが、弁当やおにぎりの類《たぐい》は全て売り切れて、菓子パンしか残っていなかった。

食べることが好きでこだわりのある久瀬が、普段は手に取りそうもない安価な菓子パンを小さく千切って口許に運ぶ。そのまま食いついたりしないのが、久瀬らしいといえばらしいかもしれない。

パンを包むポリ袋のパリパリした音と咀嚼《そしやく》音。風のうなる音、雨の叩きつける音……そんなものがやたらと耳につく。会話はない。

狭い部屋が閉塞感に拍車をかけ、息苦しくなって町屋はテレビをつけた。外を歩いていた時も、天気のこと、電車のこと、タクシーのこと、食事のこと……目の前に見えていることしか話さなかった。

こんな気まずい思いをしながらどうして一緒にいるんだろう。それは「昼ご飯でも一緒にどう？」と誘われたからだ。でもこんな天気だし「今日は諦めて、家に帰ろう」と言えばよかった。昨日までの自分ならそう言えた。けど今日は……。

チカチカと天井のライトが点滅し、ブッと音がして暗くなった。テレビも消える。辺りが夕暮れのように暗くなり、外の暴風雨を覗かせる小窓だけが薄暗く光る。

「停電だね」

ぽつりと久瀬が呟く。町屋は立ち上がり、外も電気が消えているのかどうか確かめようと小窓から覗いたが、叩きつける雨が不透明な幕になって何も見えなかった。

「君ってさ、僕のこと馬鹿にしてた？」

それはさりげなく不意に来た。いつか言われるだろうと予測はしていたので、窓の外を見たまま「馬鹿になんかしてないよ」と返事をする。

「じゃあ、同情してた？」

少し考えて「違う」と正直に答えた。

「僕が君の働くクリニックに来たことあるって、知ってたんだよね」

頷いた。

「僕のことを知って、気持ち悪いって思わなかったの」

「……そういうのは、なかった」

長い沈黙のあと、町屋は勇気を持って振り返った。久瀬は大きなため息と共に頰杖《ほおづえ》をつき、神経質に右足をタンタンと踏みならす。窓から差し込む光が、久瀬の端整な顔に暗い陰影をつくる。

「どうでもいいような、腹が立つような……妙な気分だよ。知ってたら僕みたいな人間とは友達付き合いなんてしたくないって思うんじゃないの？」

「……道で寝てるのを見つけたのは、偶然だったし」

最初は偶然でも、関わりを持たずにいることはできた。連絡先を教えたのも、食事に行ったのも……自分の意志だ。久瀬の座る回転椅子がギシッと音をたてた。

「僕の同級生が、詐欺事件の容疑者として全国区のニュースになったことがあってね。高校時代は、勉強ができて気のいい奴だったよ。誰もそいつのことを悪く言う奴なんていなかった。逮捕のタイミングで同窓会があったものだから、その時は奴の話題で持ちきりになってね。『やっぱり高校の時から変わってた』とかどう考えても後付けで言ってる奴がいて笑っちゃったよ。まぁ、奴は犯罪者だから同情しないけど、イメージや信頼ってものは、一瞬で失墜するんだなと実感したね。僕も自分の性嗜好が周囲に知られたら、どういう反応をされるんだろうって想像したよ。きっと未知のウイルスに感染した鶏並みに忌み嫌われるんだろうね」

久瀬がじっとこちらを見ている。

「僕といることで、君に何かメリットはあるの？」

そういう聞き方はされたくなかった。

「一緒にいるのが楽しかったから」

「僕が君なら、そうだとわかった時点で付き合いを止めようと考えるだろうね。けど君は最初から知ってたんだろう。変わってるよ」

「……久瀬さんは、悩んで治療に来ていた人だから」

久瀬が勝ち誇った表情で目を細めた。

「やっぱり同情だ。さっきは否定してたけど、僕を可哀想《かわいそう》だと思ってるんだろう。それとも優越感？　僕みたいな男を差別せず付き合ってあげられる自分に酔ってるの？」

攻撃的で悪意に満ち満ちた解釈が押し寄せてくる。毒薬のように体に染みこんできて、吐きそうになる。

「いい加減にしてくれよ。どうして普通に友達付き合いをしてるって思えないんだよ」

「だって普通じゃないから」

久瀬は言い切った。

「僕は君に好かれていると思ったよ。けどそれは僕の性嗜好を知らないということが前提としてあったからだ。僕は性嗜好さえ言わなければ、上手く人付き合いができるからね。自慢みたいに聞こえる？　けど本当のことだから。前にお客様に縁談を何度も勧められたって話しただろう。気に入られ過ぎてそうなるんだけど、注意していれば大抵の人と友好的な人間関係が築けるんだよね」

ふと、思いついたように久瀬は手を叩いた。

「もしかして君も子供が好きなの？　僕を同好の士だと思ってる？」

「俺は子供なんか好きじゃない」

堪《こら》えきれず大声で怒鳴る。どうすれば久瀬に自分の気持ちを誤解なく伝えられるだろう。どうすれば優越感や同情、冷やかしでないとわかってくれる？

……町屋は奥歯をグッと噛《か》みしめ、両手を握った。

「俺は恋愛対象が女の人じゃない」

久瀬の頭が微《かす》かに揺れる。考えるそぶりを見せたあと「君、ゲイなんだ」と納得するというより、揶揄《やゆ》する口調で吐き捨てられた。話したことを即座に後悔する。

「君がゲイってことを、ご両親や友達は知ってるの？」

どうしてそんな突っこんだところまで聞かれるんだろう。

「家族は姉しか知らない。ゲイの友達以外には、自分のことは話してない」

「じゃあどうして僕に話したの？　親にも友達にも言えない秘密なんじゃないの」

　言葉に詰まった。どうして……だろう。

「君が僕に話したのは、理解してもらえると思ったからだよ。どうしてか。それは僕がゲイの君と同じマイノリティだから。けど君は僕と自分を比較して、自分の方がまだましだと思ってる」

　唇が震えた。言葉と事実を伝えれば伝えるだけ、久瀬は嫌がる町屋を引きずり出し、言葉のナイフでバラバラに解剖していく。

「ゲイを嫌悪するっていうのは、単にビジュアル的な好き嫌いだと思うんだよね。男同士で絡み合うのが気持ち悪いっていうさ。けど僕らは違う。子供が好きだと知られると、そのまま犯罪に結びつけられる。人並み以上に気を遣って自制していても、何もしなくてもね。マイノリティの中でも、僕らの立ち位置は低いんだよ」

　久瀬はニコリと笑った。

「君は同じ船に乗っているつもりかもしれないけれど、僕と君の船は違うから」

「……船とか何とか、意味わかんないし。しかも上から目線、笑えるんだけど」

　震える声で反論した。けどそれ以上言葉が出てこなくなって俯く。久瀬みたいに頭も舌も回らない。ギッと椅子が軋《きし》み、久瀬が立ちあがる気配がした。近づいてくる。殴られそうな気がする。わからない。体を硬くし息をひそめていると、頬に久瀬の指が触れた。

攻撃的でない、慈しみさえ感じさせる接触に、思わず顔を上げた。縋るように久瀬の顔を見つめてしまう。男が、スッと目を細めた。そしてゆっくりと離れ、また椅子に腰掛ける。

「君、僕のことが好きなの？」

部屋の薄暗さが増し、久瀬の表情がよく見えない。けど見えなくてよかった。声が……笑っていたからだ。

「それなら納得だよ。僕は君が気に入って頻繁に誘ってたけど、いつ誘っても断られないから不思議だったんだ。そんなに暇な子なんだろうかって思ったりね。僕みたいな男がタイプなの？　付き合いたいと思ってた？」

今すぐこの醜悪で露骨な男の心臓が止まらないだろうか。そうしたらこれ以上、何も喋らなくなるのに。

「その気も失《う》せた」

最大限の強がりも、久瀬のけたたましい笑い声で粉々にされる。

「僕が君を好きになることを期待してたんだ。そう考えると健気《けなげ》だな」

両目がじわっと熱くなる。どうして自分が暴かれ、辱《はずかし》められないといけない？　ひた隠しにしてきた性的嗜好を知られ、気まずい思いをするのは久瀬の方なんじゃないのか。

「そうだ。裸を見せてよ」

笑いを含んだ声。その要求に耳を疑った。

「……あんた、何言ってんだ」

「君の裸を見て、寝たいなと思ったら付き合ってあげるよ」

「今脱げって言うのかよ！」

ここはホテルでも、自分の部屋でもない。

「三階だし、この雨だったら外からも見えないよ」

怒りで体が震える。ふざけるなと怒鳴って飛び出すことだってできたのに、馬鹿な頭の中が葛藤する。裸を見せて久瀬が感じてくれたら、寝たいと思ったら付き合ってくれるんだろうか。いや、やめとけ。さっきこの男の本性を見ただろう。最悪だった。こんな奴なのに自分は付き合いたいのか？

そう、意地が悪いとわかっていても、自分に無茶を言う男から目が離せない。

停電で部屋の中は暗い。外からも見えない。躊躇っていると知られたくなくて、勢いで長袖のTシャツを脱ぐ。そうして久瀬を睨み付けると「下も脱いでよ」と言われた。

「真っ裸になって」

嫌だ。ジーンズのウエストを摑んだまま躊躇《ちゅうちょ》する。けどこのまま止めても、絶対にまた何か言われる。はじめてしまったものを引っ込めることもできなくなり、とてつもなく惨めな気持ちでジーンズを脱いだ。

「下着も取ってよ」

裸を見せないと、それで感じないと付き合ってくれないなんて普通に考えたらおかしい。わかっているのに、部屋に漂う虚しさに押し流されるようにパンツまで脱いだ。寒くて全身にバッと鳥肌が立つ。服を着ていないだけで、自分が世界中で一番弱い生き物になった気がして心細い。

「暗くて見えないから、窓の前に立ってくれる?」

町屋はまるで木偶《でく》のように歩いた。たとえ見えても上半身だけだろうと自分を慰めて窓際に近づく。

久瀬は椅子から立ち上がり、ゆっくりと近づいてきた。裸の体を、首から足先までじっと見ている。その視線に背筋がゾッとする。自分を見る目に交尾の相手に対する情欲はなく、組み立てられた機械の不良品でもチェックするように感情がこもっていなかった。捨て身の賭けにでたのに、上手くいく気がしない。これ、絶対に駄目だ。案の定、久瀬は大きなため息で町屋の心臓を締め上げ、椅子に戻って真っ裸の股間を指さした。

「もういいよ。その汚いものをしまって」

頭の中が燃えるように熱くなり、気づけば久瀬に飛びかかっていた。椅子から引きずり下ろし、殴る寸前で思いとどまる。久瀬は自らを庇《かば》うことなく、醒めきった目で怒りに震える全裸の男を見上げていた。

「……悪いけど、本当に汚いとしか思えないんだよ。けどそういうのがいいという人もいるんじゃないの」

手を離すと、久瀬は歪《ゆが》んだシャツの胸もとを指先で整えた。

「君はいいよね。好きな人と想いが通じ合えば、セックスできるんだから」

「……自分もすればいいだろ」

「僕に犯罪者になれって？」

久瀬はククッと笑った。

「じゃあ大人とすればいい。あの写真の甥っ子のこと、好きだったんだろ」

久瀬の顔から笑いが消えたのを、町屋は見逃さなかった。

「十九ならもう大人も同然だろ。堂々とやればいいじゃないか」

「僕はね、君の勘がよくて率直なところが大嫌いだよ。僕は伊吹を好きだけど、子供は成長する。僕は成長過程の一瞬しか愛せない。だから今の伊吹を見ないようにしてるんだよ。失望する自分に失望したくないからね。それなのに僕はあの子に恋人ができたって聞いただけでやるせなくて、吐くほど飲んで路上で醜態を見せた。そんな自分に絶望したよ。今のあの子と昔のあの子は違うんだとわかっていても、僕の中では今でもあの子は最後に見た十二歳の時のままなんだ。君、そういうのをわかってて僕を攻撃してるんだよね」

「大人になったら愛せないなんて、そんなの自分のエゴだろう」

窓辺に近づき、久瀬は光を遮るようにして立った。

「どうして僕が悪いの？」

問いかける男の顔は、見えない。

「どうしてって……」

「どうして僕は、子供に欲情するんだと思う？　僕は生まれてから一度も、子供に欲情する人間になりたいと願ったことはないよ。望まないのに、永遠に結ばれない子供と愛し合いたいと思うのは何故《なぜ》だと思う？」

……そんなの、わかるわけがなかった。

「じゃあ言い方を変えてあげるよ。どうして君は、子供を愛する大人にならなかったんだい。君が僕のような、子供を愛する人間になったってよかったはずじゃないか。その采配は誰がしているんだい？　僕は神様なんて信じてないけど、神様かな」

小窓から差す薄暗い光の中で、久瀬は胡散臭《うさんくさ》い魔術師のように両手を広げる。

「君はいいよね。最初から子供を性的な対象として見ないんだから」

久瀬が横を向くと、町屋の足許がほんのりと明るくなった。

「同性愛はね、あと十年、二十年もしないうちに世間に受け入れられるんじゃないかな。

そのうち同性愛者を非難する人間の方がおかしいと言われるような時代がくると思うよ。けど僕らは違う。子供を愛するというだけで、永遠に理解されないんだ。だってそんな不愉快に感じることをわざわざ理解しなくたって、変態ってカテゴリーに収めて排除してしまえば楽だからね」

久瀬は笑った。

「犯罪に走る者が出てこない限り、誰も僕たちのことを理解しようとはしない。逆に言えば、理解しようとしないから犯罪が起こるんだよ。こんなことを君に愚痴っても仕方ないけどね。もう僕らは会うこともないだろうし、語り合うこともないだろうから、最後に言いたいことを言わせてもらってるけど、普段はこんな意地悪な言い方なんかしないよ。君に騙されたことで、僕も頭に血が上ってるから。……けど、そろそろ服を着たら？　悪趣味なことをさせて悪かったって、これでも少しは反省してるんだよ」

脱げと言われたり、着ろと言われたり……頭の中がグチャグチャだ。ただ寒いという生理的な反応で、布地をまとう。

「僕はね、自分が怖いんだよ。犯罪なんて絶対に起こしたくない。家族には死んでも迷惑をかけたくないんだ。だから気をつけてるよ。けどどうしてこんなに気をつけないといけないんだろうって、疑問に思うことがあるんだ。こんな努力なんて、普通の人なら必要ないものじゃないか。僕は思うんだよ。子供にしか欲情しない人間にならなかった幸運を、みんなもっと享受するべきだってね」

呼び鈴を何度も押した。風の音で聞こえないかもしれないと思ったからだ。

「サトちゃん、どうしたんだよ！」

町屋を見るなり、大輝は大声を上げた。

「傘さしてなかったの？　うちに遊びに来て欲しいとは言ったけど、どうしてこんな台風の日なわけ？」

下着の中までぐっしょり濡れたまま、町屋は玄関にぼんやりと立ち尽くした。足許にじわじわと水たまりができていく。

「着替えを貸すから、とりあえずそこで服を脱いで。部屋の中が水浸しになっちゃうよ」

町屋は自分で自分の両肩を抱いた。

「……服、脱ぎたくない」

大輝は「はっ？」と首を前に突き出した。

「脱ぎたくないって……乾くまでそのままでいるってこと？　風邪ひくじゃん」

町屋は玄関にしゃがみ込み、背中を丸めた。

「ちょっとサトちゃん。今日はなんかおかしいよ」

向かいにしゃがみ込んだ大輝が、肩に触れてくる。冷え切った体、肩に触れる手のひらだけが温かい。

「何か嫌なことでもあった？　もしかして……レイプされた……とか」

最後は小声で囁《ささや》かれる。町屋は激しく首を横に振った。目の奥から涙が滲み出てくる。

「ならよかったっていうか、よくないけど、本当にどうしたんだよ」

失恋したなんて言えない。……控え室で言いたいことを言ったあと、久瀬は「帰ろうか」とテーブルの上を片づけた。舞台がはねた後のような白々しい最後だった。

「じゃあさよなら」

おそらく二度と会わない、クリニックにも来ないであろうその男は、華やかで他人行儀な笑顔を残して嵐の中、消えていった。

「わかった。もう理由を聞かない。聞かないから、とりあえず服だけ着替えようよ」

うずくまったままの町屋を引きずりながら、大輝は部屋に上げた。自分の歩いた後が濡れた筋になって廊下に残る。

脱衣所に連れて行かれ「はいこれ」とバスタオルと皺《しわ》になった下着、花柄の短パン、ピンクのTシャツを差し出された。

「まず着替えてよ。話はそれから。……って、話したくないなら聞かないし」

大輝が出て行く。寒い……から、着替えた。洗面台の鏡に、何だかみすぼらしい男が映っている。目は赤く、濡れた髪からは水が滴り、口は中途半端に開いたままだ。

町屋は短パンと下着を太腿《ふともも》まで押し下げた。鏡に、それが映る。

「……サトちゃん、何してるの？　お尻見えてるよ」

ドアの隙間から大輝がこちらを覗き込んでいる。町屋は振り返った。

「俺のこれって、汚い？」

触りたくなくて、指先で摘《つま》む。

「……別に汚くなんかないよ」

大輝がそこを見たまま、ゴクリと唾を飲み込むのがわかった。

「けど汚いって言われた。そんなもんしまえって……」

また涙が浮かんでくる。

「誰がそんなこと言ったんだよ。サトちゃんのは綺麗だよ。大きくて形もいいし……」

大輝が近づいてきて、目の前で跪《ひざまず》いた。

「ほんと、綺麗」

萎えきった町屋のそれを手のひらですくいあげ、大輝は大きく口を開いて咥《くわ》え込んだ。湿った場所に、そこが包まれる感触。快感と共に拭いようのない惨めさが込み上げてきて、町屋は叫びながら座り込んだ。

驚いて大輝が後ずさる。町屋は洗面台にもたれ掛かったまま、悲鳴のような声をあげて号泣した。

あのおじさんのこと

待ち合わせのファミレス、向かいの席に座ると同時に「今日はおごるわ。何でも好きな物を頼めよ」と森下《もりした》に気前よく言われた時から、妙だなと感じていた。学生時代、一円単位まできっちり割り勘にして女子にドン引きされた男とは思えないほどの大盤振舞いだったからだ。

いいことでもあったのかなと思いつつ、腹も減っていたので篠原《しのはら》伊吹は店で最高金額、三百グラムのステーキを注文した。森下が頼んだのは六百八十円のカレーだ。

人がおごってくれる高い肉は、普段の何倍も美味く感じる。ステーキをじっくりと堪能している間、森下はカレーを掻き込みながら「学生のバイトが〜」「変な客が〜」とアルバイト先である居酒屋の文句を並べ立てていた。

森下は仲間三人とバンドをやっていて、大学卒業後も就職せずにアルバイトをしながら音楽活動を続けている。伊吹も何度かライブに行ったが、ジャンジャンとやたらうるさいだけでピンとこなかった。こいつ、音楽のプロにならずにこのままバイト先の居酒屋に就職するんじゃないかと思っているが「ぜってープロになる」と息巻いている奴に客観的意見は死んでも言えない。

　肉が跡形もなくなっても、未練がましく付け合わせのコーンに肉汁をたっぷり絡めて余韻を楽しんでいると「あのさぁ」と森下が身を乗り出してきた。……Tシャツの胸に印刷された「fuck me」のロゴがさっきから地味に気になる。

「この後さぁ、俺と一緒に来てくんねぇ？」

「どこに？」

　森下は「えっと……」と視線を斜め上に飛ばした。

「お前は付き添いって感じってゆーかぁ」

「意味わかんねえ。どこ行くのかはっきり言えよ」

「どこでもいーじゃん。お前、肉食ったろ」

　肉汁すら残っていない空き皿を指さされる。食った後になって言い出すのがいやらしい。こっちが不機嫌になったことに気づいたのか、森下は取り繕うように笑った。

「何かしろってわけじゃねーし、ほんとお前はいるだけでOKだから。とりあえずボディガードって感じ？」

　途端に話が胡散臭さをまとう。

「俺、格闘技系一切駄目なんだけど。っていうかヤバいことに足ツッコミたくない」

「ヤバくねーって。俺を信用しろよ！」

Tシャツの胸をドンと拳で叩く。お前を信用できるのは、金勘定の正確さだけなんだよと思いつつため息をつく。腹の底に沈んでいる契約金代わりの肉が重たい。

「……ついていってもいいけどさ、理由は話せよ」

森下はホッとしたのか頰を緩め「俺もいい迷惑なんだよ」と人差し指でトントンとテーブルを叩いた。

「俺の爺《じい》さんの弟ってのが死んだんだけどさぁ……」

森下の父方の祖父は五年前に他界。そして先月、その祖父の弟が亡くなったと警察から森下の父に連絡がきた。祖父の弟は路上を拠点に生活する、いわゆるホームレスになっていた。

「遺体をどうするかで親父《おやじ》とお袋が揉《も》めてさぁ。爺さんの弟ってのが独身で、普通は兄弟が引き取るとこだけどみんな死んでて親戚も海外とか地方ばっかでさ。うちの親父ぐらいしか引き取り手がなかったんだよ。そうなると葬式とかやっぱ金かかるじゃん。どうしてうちばっかり損をしないといけないんだってお袋がブチ切れてさ」

個人的には葬式ぐらい黙って出してやれよと思うが、金が関わると人はシビアになる。

「で、結局うちで全部やったわけ。やれやれ終わったと思ってたら、今度は残っている遺品を早く片づけろって連絡がきてさ。親父は会社員だから平日は無理だし、お袋は荷物を見るのも嫌だって言うんで、そのまま処分してもらおうと思ったんだけど、ああいうのって行政じゃやってくれなくて自腹になるからけっこう金がかかんだよね。で、お袋に『お前が片づけに行け。で、金目のものがあったら換金してこい。葬式代の足しにする』って命令されてさぁ」

森下の母親は、世界恐慌や天変地異がおこっても間違いなく生き残っていけるタイプだ。

「爺さんの弟って、川沿いに小屋みたいなのを建てて住んでたんだよ。段ボールを集めて捨てりゃいいぐらいに考えてたから、けっこう大事《おおごと》になりそうで困っちまってさぁ。ボーッと小屋を見てたら、白髪の爺さんが俺に話しかけてきたんだ。『ここに住んでた人の親戚だ』っつったら『名刺をください』って言われて、スーツ着てたし行政の人だと思ってバイトしてる居酒屋のカードを渡したんだけど、その爺さんもただのホームレスで、爺さんの弟に貸してた金を返せって迫ってきてさぁ」

「それって借用書とかあんの？」

森下は「一応」と残念そうに顔をしかめた。

「けどメモ書きの雑な感じでさあ、本当に爺さんの弟が書いたのかわかんないし、死んだのをいいことにたかられてるんじゃないかって気がすんだよ」

「もう放置しとけば」

伊吹は右手をヒラッと振った。

「俺もそうしようと思ったよ。けど居酒屋に日に何回も電話かけてくるから、困っちまってさ。いっそバイトを辞めるかって考えたけど、店長がいい人で俺らのこと応援してくれてるし、シフトも融通きくしさぁ」

森下はカレーのスプーンを徒《いたずら》にカチャカチャ鳴らす。

「お袋には『バイト先を教えたお前が悪い』ってメチャ怒られるし。けど親父は『本当に借りてたのかもしれないし、四万ぐらいなら俺が金を出してやる』って言ってくれたんだ。ただこういうことが何回もあると困るから『借金は全部返済してもらいました』ってそいつに言わせて録音して、次に何か文句つけてきたら警察に行こうと思ってる。で、お前には証人兼録音要員になってもらいたいってわけ」

森下も色々ととばっちりを受けた末の事態らしかった。

「相手って爺さんなんだろ。俺なんかよりも見た目からしてごついの一人連れていきゃ威嚇《いかく》になるんじゃねえの？　お前んとこのバンドのデブのドラマーとかさ」

「かっちゃんは宅配のバイトで忙しいんだよ。平日の昼間から暇してるわけないじゃん」

昼間から暇、の部分にカチンときた。こっちだって表向きは一応「打ち合わせ」で出てきている。

「それにお前、前に本を書きたいって言ってたじゃん。ホームレスのタカリとかいいネタになんじゃねぇの」

「ホームレスネタなんて手垢《てあか》がつきまくって、新鮮味も何もねーよ」

ネタ的には相手がヤクザなんかの方が面白いが、くだらないことで命を危険にさらしたくない。爺さんホームレスとの交渉の付き添いなら、多分寝っててもできる。

待ち合わせは浅草の隅田川沿いにある公園のベンチだというので、ファミレスを出て電車に乗った。昼間の車内は人もまばらで、朝夕の喧騒が嘘のように間延びして見える。

伊吹は大学時代にアルバイトをしていた小さな出版社にそのまま就職した。が、入社して一年も経《た》たぬうちに、二代目のクソ社長の使い込みと借金が発覚し出版社は倒産。途方に暮れていたところ、面倒見のいい先輩に誘われて別の出版社の契約社員になった。給料は低く制約も多いが、絶望するほどのことでもないし無職の肩書きよりは数倍マシだ。

前の出版社は持ち込みの企画がけっこう採用されていた。その中で難病の父親と引きこもりの息子の関係を書いたノンフィクションが、テレビドラマになったこともあり大ヒットした。自分のバイト先が出している本が、本屋で飛ぶように売れていくのを見るのは爽快感があった。いつか自分も人の心を動かす面白い本を作りたいと思いつつ、なかなかいいテーマに出会えない。これだと思うネタは高確率で誰かが先に本にしている。

「お前は飢えてる感じがないんだよ」

契約社員として今の出版社に誘ってくれた先輩にそう言われたことがある。飢える、という言葉が何か「不足している」ということなら、自分は「足りない」人生を送ってきていない。大抵のことが自分の思い通りになってきた。

両親は離婚したが、記憶にある限り子供の前で喧嘩をしなかったし、互いの悪口を一言も言わなかった。大人になってから考えると、恐ろしく自制の利いた二人だった。別れた父親とも自由に会えたし、母親が再婚した今でもたまに一緒に飯を食う。常識的な両親に注意深く育てられたおかげで嫌な思いをしたことはなく、他人に「親が離婚してさ」と口にするときも、そこに劣等感はなかった。

多分、自分が劇的な人生を生きていないので、他人のそれに憧れ、乗っかるように疑似体験しながら本を作りたいと思うのかもしれない。

考え事をしているうちに浅草に着く。駅を出て、橋を渡っていると温《ぬる》い風が吹き抜けた。隅田川沿いに桜が見える。まだ三分咲きぐらいだが、その下には青いビニールシートが帯みたいに敷かれていた。

シートの真ん中にぽつんと座っている若いYシャツ姿の男は、花見の陣取りだろうか。あれって典型的な社畜だよなあと思いつつ桜並木の遊歩道をブラブラ歩いていると、前を行く森下が急に足を止めた。

「おい、アレ」

振り返り、小声で囁く。

「ベンチのとこのあのジジイ」

河川敷の広場の手前、等間隔でいくつか設置されたベンチの一つに、紺色のスーツ姿の男が座っていた。後ろ姿だが、遠目からでも髪は白い。

「お前のスマホで今から録音してくれよ」

森下の顔は既に強張っている。

「えっ、もう?」

「録音してるのを見つかって因縁つけられたら嫌だから、気づかれたくねぇんだよ」

爺さん一人をそこまで警戒しなくてもいいだろうと思いつつ、パーカーのポケットに突っ込んであったスマホのボイスレコーダー機能をオンにする。

二人で横並びになり、じりじりと白髪頭に接近した。まるで物差しでも背中に突っこんでいるように、爺さんの背中はしゃんと伸びている。桜を見ているのか、二メートルほどまで近づいてもこちらに気づかない。

「あのぅ」

森下が声をかけると、白髪頭がゆっくりと振り返った。小顔の爺さんがこちらを見てビクンと肩を震わせ、立ち上がった。

「隣の奴は誰だ！」

刃物のような視線を向けられ、伊吹は体が小さく震えた。

「おっ、俺の友達です。こいつ、雑誌の編集とかやってて……」

森下の言葉を遮り、爺さんは「若い男二人でよぼよぼの年寄りを殴り殺すつもりか！」と怒鳴った。それを聞いて、爺さんが自分たちにえらくビビってるんだと気づいた。確かに数と体力ではこっちが圧倒的に有利だ。

「わしを殺して一生を棒に振るつもりか！」

「そんなこと考えてねーし！」

森下が否定する。爺さんは唇を尖らせて黙り込み、腕組みをしたまま眉を顰《ひそ》める。この爺さん、顔も手も汚れてないし、髭も剃《そ》ってあって髪も整えてる。歳の割に洒落ててホームレスには見えない。森下が行政の人と勘違いしたのも無理もない。

「金は用意したか」

爺さんが偉そうに顎をしゃくる。森下はジーンズのポケットから封筒を取り出した。

「コレを渡したら、もう居酒屋に電話をかけてこないって約束してくださいよ」

爺さんが一歩近づき、森下は二歩後ずさる。

「先に約束してくださいよ。金を返したらもう嫌がらせはしないって」

「封筒の金を確かめてからだ！」

柔らかい春風が吹く中、生々しいやり取りが続く。結局、森下が折れて先に封筒を渡し、爺さんはその場で封を切って中身を確かめた。

「三万八千九百七十円、確かに受け取った」

般若《はんにゃ》のようだった爺さんの顔に、ようやく安堵の笑みが浮かぶ。

「もう絶対に絶対に電話しないでくださいよ」

森下がしつこく念押しする。

「約束は守る。それからこれを」

爺さんがスッと何か差し出してきた。

「なんですか、それ」

森下が胡散臭げに紙切れを覗き込む。

「借金を返してもらったという証明書だ」

森下は無言のままそれを受け取り、ポケットに突っ込んだ。

「わしは貸した金を返してもらうという、人としてまっとうなことを要求しただけだ」

爺さんは堂々と胸を張った。

「今回のことでわしに恨みを持ち、仕返しをしようなんて考えるなよ。もしわしが不審な死に方をしても、お前が容疑者である可能性が濃厚だと書いたメモを残しておくからな。逃げきれんぞ」

こっちも爺さんも、互いに警戒しあっている。緊迫した空気の中「先生よぅ」と間延びした声が遠くから割り込んできた。

上の遊歩道から野球帽をかぶった男が河川敷に下りてくる。手や顔は赤黒く、髪は灰色。泥水にでもつかってきたような、全身が黒茶に汚れた服を身につけ、愛想良くニカッと笑う。……六十過ぎぐらいだと思うが、歯が数える程しかない。

「こんなトコで何してんだぁ。その兄ちゃんたちは知り合いかぁ」

歯抜けの爺さんから漂ってくる腐った米に似た独特の臭いが、春の香りを一瞬で蹴散らす。

「伸さんに貸してた金を、親戚の子に返してもらったんだ」

歯抜けの爺さんはパンと手を叩いた。

「そりゃよかったなぁ先生。随分と貸してたもんなぁ」

伸さんというのは、森下の爺さんの弟の名前だろうか。借金の事実を肯定する通行人A。こちらが不信感を抱かぬよう、事前に打ち合わせたかのような絶妙なタイミング。もしこれが仕込みだったら、ある意味凄《すご》い。

歯抜けの爺さんは「先生、また夕方になぁ」と戻っていく。森下も踵を返し、無言のまま歩き出した。慌てて伊吹もついていく。歩きながら、ポケットに入れてあったスマホのボイスレコーダーをオフにした。録音はしてみたが、これを使うことは多分ないだろう。

「あの爺さん、こっちが二人で来たからビビってたな」

森下は「まぁな」と呟き、そして大きく伸びをした。

「あー何か気分悪《わり》ぃわ」

不機嫌になった森下に「今日は付き合わせて悪かったな。じゃ」と言われ、橋の手前で捨てられた。もう少し話したかったが、身内の恥が露呈し、早く一人になりたがっている気持ちがわからないでもなかったので引き留めなかった。

浅草の駅までぶらりと歩き、ふと目についた古本屋に入る。会社のホワイトボードには、外で打ち合わせたあとそのまま直帰と書いてある。この仕事は融通がきき、詮索されないのがいい。

古本屋は大好きだ。店先に置かれてある百円や五十円のワゴンが特に。かつて一世を風靡《ふうび》し、役目を終えた本たちの末路。……たまに掘り出し物もあるが。

ぐるっと店内を一周する。店は十畳ほどで、漫画、週刊誌、文芸書をとりあえず集めてみましたというこれといって主張のない古本屋だった。一冊五十円のワゴンは店内に設置されてある。安いだけあり、ラインナップが本当に酷い。発行が三十年前のアイドルの手記なんて誰が買うんだ？

やる気のないワゴンの中を物色しているうちに、ルイス・キャロルの『不思議の国のアリス』を見つけた。カバーが少し擦れて日焼けはあるが、状態はいい。昔、叔父にもらったが興味がなく読まずに本棚へとしまい込み、いつのまにか失《な》くしてしまった。叔父には凄く可愛がってもらったのに、もう十何年も会っていない。あの頃の叔父は、今の自分より少し上ぐらいの歳だった。今読めば、面白いと思えるだろうか。

アリスの本を手に通路を歩いていると、時代小説の棚の前で立ち読みしている人を見つけた。姿勢のいい立ち姿、紺色のスーツにギョッとする。タカリだと誤解されていたホームレスの爺さんだ。見つからないよう踵を返そうとしたその時、振り返った爺さんと目があった。

爺さんは顔色を変え「わしをつけてきたのか！」といきなり怒鳴りつけてきた。店員がカウンターから身を乗り出してこっちを覗き込む。

「あ、いや。森下はもう帰っちゃったし。俺は何かいい本がないかなと思って……」

爺さんの視線が、こちらの手許に注がれている。

「こっ、この本を買おうと思って」

身の潔白を証明するため、文庫本の表紙を見えるよう掲げる。爺さんは本をまじまじと眺め「買うのか」とそっけない声で聞いてきた。その口調に、何となく買ってはいけない気配を感じた。

「えっと……その、もしかしてこの本、狙ってました？　じゃ、お譲りします。俺はどこか別の店で探すんで」

相変わらず爺さんの表情は渋いが、険は少し取れる。

「買いたければ好きにしろ。それはわしがこの古本屋に売った本だがな」

「あ、そうなんですか？」

「もとは伸さんの本だが金を返さんまま死んだので、借りていた本を全部売っぱらって
やったんだ」

言い放ったあと、爺さんは慌てて「横領ではないぞ」と付け足した。

「本の代金は、ちゃんと借金から差し引いとるからな」

そういえば借金の額が十円単位で細かく、やけにリアリティがあるなと思っていた。ホームレスとはいえ身なりはちゃんとしているし、人に金を貸せるぐらいだからこの爺さんは生活に余裕があるのかもしれない。

「ホームレスの人って、金の貸し借りとかよくしてるんですか？」

爺さんが慌てた顔で近づいてきて「大きな声で喋るな」と小声で諫《いさ》められた。

「……ホームレスが来る本屋だと知られたら、店に悪いだろう」

それなりに気を遣っているらしい。ホームレスは図々《ずうずう》しいというイメージが強かったが、この爺さんは自分をわきまえてて面白い。二十四時間営業のファミレスやバーガーショップにたまにいる、離れていても臭いが鼻について仕方がない輩とは違う。どうし

てこの人はホームレスになったんだろう。俄然《がぜん》興味が湧いてきた。

「あの、今から時間ないですか」

気づけばそう口にしていた。

「どうしてだ?」

爺さんが訝《いぶか》しげな顔をする。

「もしよかったら、話を聞かせてもらいたいんですけど」

「どうしてわしがお前と話をせんといかんのだ」

雑誌で特集する、もしくは本にするとか、そこまで具体的な形が頭のなかにあるわけではない。それでも……。

「おじさん、面白そうだから」

爺さんはじっと、こちらがきまり悪くなるほど伊吹の顔を見ている。

「それはナンパか?」

爺さんの口から予想外の言葉が飛び出し、伊吹は焦った。

「おっ、俺はゲイじゃないですよ。本当に純粋なる興味で……」

こちらの慌てぶりが面白かったのか、爺さんはカカッと笑い、「すまん、すまん」と目を細めた。

「公園の端に男同士で同衾《どうきん》する輩が集まる場所があって、わしみたいな爺さんでもたまに声をかけられることがあるもんでな」

ひとしきり笑ったあと、爺さんは「コーヒーを一杯ごちそうしてくれるなら、話をしてもいいぞ」と可愛らしい交換条件を出してきた。

アパートの部屋に戻った伊吹は、真っ先にパソコンの電源を入れた。途中からスマホのボイスレコーダーで録音したが、最初は記憶が頼りだ。白髪の爺さん、阿部《あべ》の話を……その細部を忘れないうちに、パソコンのキーボードに叩きつけ残していく。腹が減っていることも忘れ、夢中になって指を動かした。

——阿部は七十五歳。妻とは六十三歳の時に死別した。娘が一人いるが、その夫である洋司《ようじ》が飲む、打つ、働かないの三拍子そろったろくでなしだった。金のなくなった娘夫婦は、高校の教師を定年退職し阿部が悠々自適の生活をしていた実家に転がり込んでくる。

阿部と洋司は事ある毎に衝突し、ある日を境に洋司が阿部に暴力を振るうようになる。阿部はあの男と別れろと娘を説得するが、娘は洋司を愛していると言って聞かない。ある日、刃物を持ち出した洋司に身の危険を感じ、阿部は家を飛び出す。それが三年前の六月だった。

金も携帯も持っていない阿部は行く先がなかった。友人の家に身を寄せることも考えたが、どうしてこんなことになったのかという家の恥を話したくなかった。娘の夫一人に手こずるのかという、元高校教師としてのプライドもあった。途方に暮れ、公園のベンチに座っていると夜になり、しとしとと雨が降り出した。家と金がないことがこうも人を心細くさせるのかと悲しくなった。

そんな阿部に「あんた、どうした」と声をかけてきた男がいた。それが森下の祖父の弟、ホームレス仲間に伸さんと呼ばれている森下伸春《のぶはる》だった。骨の折れた傘を差していたが、半袖のシャツに綿パンツと身なりはよく、五センチほどある長めの白い鬚と子犬のような黒い瞳が印象的だった。

自分と同じぐらいの年代ということ、赤の他人という気安さ、そして六月とはいえ濡れて体の芯まで凍えていた阿部は「どこにも行く場所がなくて」とつい弱音を吐き出した。伸さんはしばらく黙っていたが「じゃあ家《うち》に来るかい」と誘ってくれた。

びしょ濡れの阿部は伸さんについていった。公園から離れ、河川敷の遊歩道に下り、木立の陰へ入っていく。こんな場所に家があるのだろうかと訝しんでいると、ある薄汚い小屋の前で伸さんは足を止めた。

自宅ではなく、所有している物置小屋に連れてこられたらしい。汚いものを隔離するやり方に不快感が湧き上がったが、見ず知らずの男を自宅に泊めるのを躊躇うのも理解でき、阿部は不満をグッと呑み込んだ。

「狭い場所ですが、どうぞ」

中に誘われて初めて、阿部は伸さんがホームレスかもしれないと気づいた。そんな輩の厄介になるなんてと及び腰になったが、今更嫌だとも言えない。そして他に行くあてもなかった。

小屋の中は三畳ほどの広さがあった。薄暗いランプの明かりの中、阿部は濡れた服を脱ぎ、着替えのシャツとズボンを借りた。部屋の中には棚が一つあり、カセットコンロや鍋、やかん、洗面器といった生活用品が整然と並べられ、隅には本が積み重ねられていた。外国や日本の文学作品、詩集がある。阿部は伸さんに知性を感じた。

しとしとと雨が降り続いた二日間、阿部は伸さんのバラック小屋で世話になった。どうして自分を助けてくれたのか問いかけると「話し相手がいないと退屈でね」と、伸さんは寂しそうに微笑んだ。

雨が上がった三日目、自分を捜しに来た娘と公園で会った。娘は自分を心配していたが、いなくなったことにホッとしているようにも感じられた。理不尽だと思いつつ、阿部はアパートを借りて一人で暮らすと切り出したが、娘は難色を示した。アパート代を出せないと言うのだ。阿部が出て行った途端、洋司に阿部の年金が振り込まれる口座の通帳と印鑑を取り上げられ、振り込み先を変更したら殺すと脅されたらしい。

阿部は怒り「わしから何もかも取り上げた上に、道ばたで死ねというのか！」と怒鳴った。娘は「死んで欲しくない」と泣き、自分がパートで働いているお金で、月に二万ぐらいなら洋司に内緒で融通できると言ってきた。二万ではとてもアパートなど借りられない。そこそこの年金をもらっていて自宅もあるので生活保護も受けられない。四方八方手詰まりになった。

娘夫婦の酷い仕打ちを伸さんに打ち明けると「ここだったら、月に二万もあれば楽に暮らせるよ」と言われ、目から鱗《うろこ》が落ちた。「地べたに近い暮らしも、そんなに悪いもんじゃないよ」と。

阿部は洋司が留守にしている間に家に戻り、自分の持ち物を少しずつ運び出した。売れる物は売って金を作り、木材を買った。公園のホームレスで昔大工だった竹《たけ》さんという男を伸さんに紹介してもらい、伸さんの家から三十メートルほど離れた場所に小さなバラック小屋を建てた。家から布団や机、服、本を持ち込んで、阿部の小さな城はできあがった。

娘は父親に申し訳ないと思っているようで、月の初めに二万円、そして仕事の帰りに勤め先の弁当工場で余った弁当や総菜を持ってきてくれた。風呂は洋司がパチンコに出掛けている間に家に戻って入り、洗濯は娘がこっそりやってくれた。

娘は、阿部が風呂に入るため家に戻ったり、自分が洗濯をしてやっていることを洋司は知っているかもしれないと洩《も》らした。阿部の存在は鬱陶しいが、死んでしまうと年金が入ってこなくなるので、見逃しているのではないかと。話を聞くにつけ、殺してやりたくなるほど腹立たしい男だった。

河川敷は寒くて、増水すると家が流されてしまうので人気がなく、ホームレスの数も少ない。そのかわり静かで人目につかず、教え子や知り合いと顔を合わせたくない阿部にとっては好都合だった。小屋は狭く、暑い、寒いはあるものの、食事もさほど不自由なく清潔でいられる。月の二万も余ることがあり、微々たるものながら貯金もできる。ホームレスではあるものの、一人暮らしで阿部は随分と気が楽になった――。

ここまでは聞き書きだ。これから後はボイスレコーダーで録音している。伊吹はデータを呼び出し、再生をはじめた。しわがれた阿部の声が、カフェの喧騒の中から聞こえてくる。

『……公園の周囲にホームレスは沢山いるが、テントや段ボールハウスで生活している者が殆どだ。わしはそういう、清潔感がなくだらしない輩にどうしても馴染《なじ》めなくてな、付き合うのは伸さんと数人のホームレスだけだった。その中の一人が、小屋を作るときに世話になった竹さん、さっき川岸に来てた爺さんだ。風呂嫌い、洗濯嫌いの竹さんは、いい人なんだがとにかく臭くてなあ。話をするときは申し訳ないと思いつつ少しだけ離れるんだ。その竹さんに「どうして伸さんはホームレスになったのかねぇ」と聞いてみたんだよ。ホームレスはな、若いと日雇い労働ができるんだが、年寄りだと空き缶や雑誌の回収、区から委託される清掃作業なんかになる。大抵は昼間に働くが、伸さんは週に三日、午後九時から明け方にかけて空き缶や雑誌の回収をしとった。夜の方が競争相手が少なくて実入りがいいらしくてな。たとえ週に三回とはいえ、年寄りが夜中に働いているのが気の毒に思えて仕方なかった。「生活保護を受ければ、普通に暮らせるんじゃないだろうか」と言うわしに、竹さんは「昔は受けてたんだよ。服役で何回か止まって、また申請っていうのが面倒だって話してたなぁ」とあっさり口にするもんで驚いてな。竹さんは「喋り過ぎちゃったかね、後は伸さんに聞いてくれな」と苦笑いしとった。わしも気にはなったが、本人に「どうして刑務所に入ってたんだ」とは聞けん。それに伸さんが人を騙したり、物を盗むような人間には見えなかった。そういう人道に外れるような輩なら、雨の日に濡れていたわしを助けてはくれんだろうと思うたからだ』

阿部は淀みなく淡々と喋る。そのまま書き出すと長くなるので、伊吹は時々ボイスレコーダーを止め、頭の中で纏《まと》めてから書きつけた。

——阿部によると、伸さんは寂しがりだが、公園のホームレスとはあまり親しくしておらず、彼らよりも新入りの阿部と一緒にいることが多かった。それは自分が不潔なホームレスと馴染めない理由と同じだろうと阿部は考えていた。

風呂に入るため家に帰る際、阿部は必ず伸さんも誘ってやった。きれい好きな伸さんはいつもついてきた。今まで漫画喫茶でシャワーを浴びていたらしく「これでお金が浮くよ」と喜んでいた。

阿部が河川敷のバラック小屋での暮らしに慣れ、生活に余裕もあると知ると、伸さんは申し訳なさそうに「少し金を貸してもらえないかね」と頼んでくるようになった。面倒を見てもらった手前、断れなかった。

酒や賭博の類をやらない伸さんは、阿部から借りた金で公園に遊びにきた子供達にあげる菓子を買っていた。伸さんの唯一の楽しみが子供の笑顔を見ることだと知ってしまうと余計に嫌だと言えなくなり、自分の負担にならない程度で融通してやった。

伸さんは子供が好きで、休みの日は公園にきた子供達とよく遊んでいた。小綺麗なのでホームレスだと気づかれず、幼い子供と遊ばせてくれる親も多かった。伸さんと子供は、二人で並ぶと優しい祖父と孫そのもので微笑ましかった。子供と話をするのが伸さんはとても上手かった。子供と同じ目線に立ち、子供に理解できる語彙《ごい》を使って、大きな声でゆっくりと喋る。話も面白くお菓子もくれる伸さんを、子供達は「鬚のじいちゃん」と呼んですぐに懐いた。子供と遊ぶ伸さんに普段の少し疲れた寂しがりの老人の影はなく、黒い瞳を子犬のようにキラキラさせていた。

しかし元気が弾け、かけずり回って遊ぶような子はそのうち伸さんの傍から離れていく。走れない、飛び跳ねられない老人は退屈になるのだ。いつまでも仲さんと遊んでいるのは、おとなしい子供達だった。

阿部がホームレス生活をはじめて五ヶ月目、朝晩が肌寒くなってきた十月の終わりだった。仲さんが小屋におらず姿も見えないので、どこかで死んでしまっているのではと心配になり公園にいるホームレス仲間に聞くと「警察に捕まったらしいよ」と教えられて驚いた。

翌日に帰ってきた仲さんは憔悴《しょうすい》しきった顔で「大変だったよ」とうなだれた。

「今日日《きょうび》の親は怖いね。子供とちょっと遊んでいただけで犯罪者扱いだ」

仲さんは子供と公園の木陰で遊んでいた。親はそれを「さらわれた」と勘違いして通報し、仲さんは捕まった。聞けば相手の子供は十歳だという。阿部は同じ歳の頃、一人で野山を駆け回っていた。親が子供の遊びに目くじらをたてるような歳ではない。

結局、仲さんは警察署に連れて行かれたものの、注意を受けただけで釈放された。子供と遊んでやっているだけで老人が捕まるなど世も末。ホームレスということで、仲さんは偏見に満ちた目で見られているのではないかと阿部は疑った。

この日、仲さんは初めて自らの過去を阿部に語った。

「僕はね、若いうちに結婚したけど子種がなかったみたいで子供ができなかったんだ。もらい子をしようと話していた矢先、妻が亡くなってね。それが辛くて家族を作るのが怖くなった。けど子供はとても好きなんだ。人様の子でも、おじいちゃん、おじいちゃんって慕われると嬉しくってねえ」

阿部は伸さんを『愛する妻に先立たれ、子供のできなかった可哀想な男』だと認識した。彼に比べると、ろくでなしの男と結婚してしまったとしても、血の繋がった娘のいる自分は幸せなんだと感じた。

偏見に晒《さら》され辛い目にあったにもかかわらず、伸さんは公園に来る子供達と遊ぶのをやめなかった。それはホームレスというだけで人を差別する世間に対してのアンチテーゼに思えた。

「大人っていう生き物は、本当にどうしようもない」

警察に捕まってから、伸さんはたびたびそう口にするようになった。ホームレスになって初めて迎える冬、伸さんのバラック小屋にある炬燵《こたつ》でバナナを食べている時だった。炬燵といっても、壊れて電源の入らないそれに掛け布団をかけ、中に湯たんぽを二つ入れたお粗末なものだが、ホッとする優しい温かさがあった。

伸さんはバナナの皮を剝《む》くと、その先をぺろりと舐《な》める。妙な食べ方をするなと阿部は少し気になった。

「大人になると魂が汚れていくんだよ。駆け引きを覚えて人の顔色をうかがったり、騙したり、嘘をついたりね。何の罪もない相手を、自分の都合だけで蹴落としたりする。

僕はそういう大人の汚い世界にはもううんざりなんだ」

仲さんは何度かバナナを舐めたあと、がぶりと噛みついた。

「子供は天使だ。真っ白で、純粋で、我儘《わがまま》すら可愛らしい。子供は神様がくれた最高の宝物だよ」

子供を持てなかったということで美化されているとしても、あまりに褒め称《たた》えるので「仲さんも昔、子供だったじゃないか」とからかった。すると悲しそうな顔で「そうなんだよ」と名残惜しそうにバナナを完食した。

「阿部さんは、ピーターパンの話を知っているかい。大人にならない子供の話。僕はピーターパンになって、美しく純粋な子供達とずっと遊んでいたいんだ」

見た目こそ七十を過ぎた老人でも、仲さんの心は永遠に若いままなのだろうと阿部は思った。

そうして冬が終わり春になった頃、仲さんは再び警察に捕まった。今度は未成年者略取の疑いで、しばらくすると戻ってきた。

「警察に怒られたよ」

仲さんはしおれた花のように俯いていた。

「僕は子供と公園の外れにいったんだ。そこに花見の穴場があるからね。公園の中から連れ出していないよ。それなのに親が大騒ぎして、駆けつけてきた警察に『またお前か』と言われたんだ」

仲さんの愛情深さが、昨日今日会ったばかりの他人には理解されないのが阿部には何とも歯がゆかった。

「怖い事件がおこってるから、みんな神経質になっているんだろう。子供と遊んでも親の目の届くところにいれば、仲さんへの誤解もなくなるんじゃないか？」

仲さんは「そうだねえ」と他人事《ひとごと》のように相槌を打った。

阿部も子供を見ていると微笑ましいと思うが、仲さん程ではない。子供相手よりも、古書店や図書館で本を読んで過ごす方が好きだった。冷暖房完備の図書館は金をかけずに快適に過ごせる貴重な場所だ。仲さんも何度か誘ったが、一緒に来るのは雪が降って凍えそうな日か、うだるように暑く死にそうになる夏の時だけで、あとは公園の木の下にあるベンチに腰掛け、鬚の爺さんと遊んでくれそうな子供を探していた。

年が明け、ちょうど節分の翌日だった。その日の朝はとても寒く、ドアを開けると外は雪で真っ白で、童話の世界に迷い込んだのではと錯覚するほど、寒々しくも美しかった。バラック小屋で暮らし、布団の中に入れた湯たんぽを抱き締めていても寒さで目覚めるのだから、公園では知った顔の一人や二人死んでいそうだった。前日から具合が悪そうなら救急車を呼んだり、ボランティアに連絡したりもできるが、年寄りは前の晩には元気でも翌朝には亡くなっていることがある。寒さ、暑さはじわじわと体に堪《こた》える。

初めて路上で亡くなった人を見た日の夜は、眠れなかった。次第に家がなければ外で死ぬしかないのだという現実が染み込み、阿部はそれを仕方のないこととして受け入れていった。

その日の夕方、娘が持ってきてくれたミカンを伸さんにお裾分けしようと阿部はコートを着て長靴を履き、バラック小屋の外へ出た。朝から誰とも話をしていないので、喋りたいという気持ちもあった。

真っ白い雪の中に、靴跡が見える。大きな足跡と小さな足跡。それは阿部が向かっている伸さんのバラック小屋へ点々と続いていた。大きなのは伸さんに間違いないが、小さなのは子供だろうか？　伸さんが子供と遊ぶのはかまわないが、バラック小屋にまで連れ込んでいるとまたあらぬ疑いを掛けられるのではと心配になった。

「伸さん、いるかい？」

バラック小屋のドアを叩くと「いるよ」と返事が聞こえた。

「お邪魔するよ」

中に入ると、薄暗い部屋の中に伸さんと子供がいた。伸さんは小学二、三年生ぐらいの男の子を抱きかかえ、湯たんぽの炬燵に入っていた。子供がいるだろうと思っていたので驚かなかった。そして伸さんの膝に座るその子を阿部は知っていた。図書館の常連組だったからだ。

平日の午後三時過ぎ、その子は図書館にやってくる。宿題をやったり、本を読んだりして過ごし、六時頃に母親が迎えに来て一緒に帰って行く。図書館を学童保育所がわりに使っているのだろう。その子はとてもおとなしくて騒いだりしなかったし、母親が来るまで図書館を出て行くこともなかった。

「可愛いお客さんがきてるじゃないか」

その子は阿部を見上げ、怯えた表情で体を震わせた。

「寒いっていうから、うちに連れてきてあげたんだ。なっ」

伸さんはまるで犬猫でも愛玩するように子供の頭に頬をすりつけた。

「親御さんが心配するかもしれないから、五時頃には帰してあげた方がいいんじゃないかね」

母親が迎えにくる前に子供が図書館に戻っていれば問題はない。逆にその時間までに帰していないと厄介なことになると思って忠告しつつ「これ、娘が持ってきたんだ。お裾分けにと思ってね」とミカンを数個、炬燵の上に置いた。

「あぁ美味そうだ。ありがとう。僕ちゃんも食べな」

伸さんはミカンを引き寄せ、子供の前に置く。子供はそろそろとミカンの皮を剝き始めた。伸さんは寒いのか炬燵の中から手を出さず、ミカンを食べる子供を嬉しそうに見つめている。

外ではビュウッと風が渦巻く音が聞こえていた。伸さんのバラック小屋は、阿部のものよりも作りが甘く隙間風が忍び込んでくる。阿部は両肩を抱き、「それにしても寒いな」と呟いた。

「こういう日は外に出たくないね。知り合いが冷たくなってそうだ」

伸さんがしみじみと口にする。思うことはみな同じ。けれど子供がここにいるということは、伸さんは雪の中、一度は出掛けたんだなと考えていると、男の子が急に炬燵の上にうつ伏せた。

「僕ちゃん、どうした？」

心配してか、伸さんは男の子の顔を覗き込む。

「お腹《なか》でも痛いのかな？」

ミカンのせいかと阿部は心配になった。同じものを自分も食べたが、何ともなかった。

「おしっこ、いく」

男の子は伸さんの腕から逃れるように立ちあがり、バラック小屋を飛び出していった。膀胱《ぼうこう》が切羽詰まっていたらしく、その子のズボンのチャックは下がっていた。

「あぁ、逃げちゃった」

伸さんが残念そうに呟く。

「おしっこしたら帰ってくるんじゃないかね？　子供の頃っていうのは、何でもないのに馬鹿みたいにギリギリまでおしっこを我慢したりするもんだ」

仲さんは「そうだねぇ」と笑っていた。しばらく待ったが男の子は帰ってこなかったので、爺さんとの遊びに飽きて図書館に戻ったのだろうと阿部は思った。

自分のバラック小屋へと帰った阿部だったが、雪が数日続くならもう少し本を借りておきたいと思い、利用カードを持って外へ出た。

図書館までは歩いて十五分ほどなのに雪に足を取られて倍以上の時間がかかり、外出したことを後悔した。やっと建物の前まで辿《たど》り着くと、入り口の前に黒い塊があった。行き倒れのホームレスかと思いギョッとしたが、それにしては小さい。近づいてみて、膝を抱えて丸くなっている子供だと気づいた。穿《は》いているズボンの柄で仲さんと遊んでいたあの子だとわかる。図書館の扉には『コンピューターのシステムダウンのため、本日は臨時閉館いたします。なにとぞご理解いただけますようよろしくお願いします』と貼り紙がされていた。

子供はダウンジャケットを着ているが、とても寒そうに見える。阿部はポケットの中に金があるのを確かめてから、自動販売機でペットボトルの温かいはちみつドリンクを買った。

「ぼうや」

声をかける。子供は顔を上げ、阿部を見て頬を強張らせた。

「寒いだろう。これを飲むといい」

子供はブルブルと首を横に振ったが、無理に押しつける。いらないというジェスチャーをしたが寒くはあったようで、子供はペットボトルを両手でしっかりと握りしめた。図書館が閉館していたと知らずにこの子はやってきた。建物の外で震える子供を見かねて、伸さんはバラック小屋に連れて行ったのだろう。

もうすぐ母親は迎えに来そうだが、寒そうな子供を一人残していくのは忍びない。阿部が子供の隣に座り込むと、嫌がるようにスッと離れていった。

「わしにくっついとったほうが暖かいぞ」

子供は何も言わず、首を横に振る。

「寒くはないのか？」

やはり首を横に振る。伸さんには抱っこされていたのに、どうして自分は駄目なんだろうと嫉妬にも似た気持ちが込み上げてきた。昔、生徒たちに慕われていたことを思い出す。自分はそこそこ人望のある教師だったと思うが、言葉尻がきついのか「喋り方が怖い」と言われたことは何度かあった。

「わしのことが怖いか？」

子供はコクリと頷いた。

「わしは学校の先生をやっていたが、怒ることは滅多になかったぞ」

「学校の先生」が効いたのか、子供の顔から強張りが少しほどけた。そして阿部をじっと見つめる。

「……ちんちんひっぱらない？」

阿部は首を傾げた。

「ぼくのちんちん、ひっぱったりしない？」

よくわからないまま「そんなことはしないぞ」と言ってやる。子供は俯き加減にじりじりと近づいてきた。

「図書館が閉館とは、残念だったな」

子供は「へいかん？」と聞いてくる。低学年の子には難しかったようだ。

「お休みをしとるということだ。これからはお母さんに、休みかどうか確かめてもらわんといかんな」

子供はコクリと頷いた。そしてようやく飲む気になったのかペットボトルの蓋を開けようとするも上手くいかない。見かねて阿部が開けて手渡してやった。七十過ぎとはいえ、子供よりもまだ握力はある。

「鬚のじいちゃん、やだ」

ぽつんと子供が呟いた。ミカンをもらい抱っこまでしてもらっていたのに、薄情なことを言う。

「鬚のじいちゃんは、優しくて親切だろう」

「ぼくのちんちん、ひっぱった」

阿部はギョッとした。

「ちんちんひっぱって、ギョウチュウ検査みたいにお尻をグリグリした。すごいすごいやだった」

阿部はゴクリと唾を飲み込んだ。

「鬚のじいちゃんが、そんなことをしたのか？」

子供が膝にいる間、伸さんは炬燵から手を出していなかった。

「やだったから、にげた」

バラック小屋を出て行った時、子供のズボンのチャックは開いていた。あれは尿意を我慢できなくなった子供が下げたものだとばかり思っていたが、そうではなかったとしたら……湧き上がる嫌悪感で気分が悪くなってくる。伸さんは子供好きの可哀想な人だったはずだ。未成年者略取で注意された時も、誤解されてしまっただけで……。子供に悪戯《いたずら》をする輩がいるのは知っている。知ってはいるがそういう人は特別な存在で、これまで阿部の周囲には一人もいなかった。

「ぼうや」

子供は阿部を見上げた。

「知らないおじさんに声をかけられても、絶対についていっちゃいかんぞ」

自分も知らないおじさんだろうと自虐的になりつつ言い含める。子供は真剣な顔でコクリと頷いた。午後六時前、子供を迎えに来た母親に、阿部は「元教師で図書館の利用者」として説教した。金がかからないからと図書館に置きっぱなしにすると、今回のように臨時閉館になった場合たちまち子供が寒い思いをすることになる。学童保育なり何なりちゃんと利用する方がいいときつく叱った。若い母親は「すみません」と泣きそうな顔で子供を連れて帰った。

子供に付き合って座っていたせいで阿部はすっかり凍えきっていた。帰り際、公園のホームレスが四人ほど集まってたき火をしていたので、そこに寄って少し暖を取らせてもらった。チューリップハットをかぶったニキという男が、今朝は八十代と六十代の二人が死んだと話していた。

ニキは阿部よりも前から公園に住んでいる。彼なら何か知っているだろうかと何気なさを装って「伸さんは、どうして子供が好きなんだろう」と聞いてみた。

ニキは飛び出て見えるギョロ目で阿部をねめつけ「お前も伸さんと同じ、子供好きの変態だろう」と毒づいた。阿部は慌てて「わしは違う」と否定した。

「川岸の豪邸に連れ込んでんだろうが、クソジジイ」

「そんなことはしていない」

ニキは飛び石のように抜けた歯の間から息を漏らしながら「ハッハッ」と高笑いする。

「ションベン臭いガキの何がいいのか俺にはわかんねえよ。伸さんは何回刑務所にぶち込まれても懲りねぇ筋金入りだしな」

背の高い諸木《もろぎ》という四十代の男が「けどさぁ」と話に入ってきた。

「伸さん、もう八十近いだろ。ヨボチンコはまだ使えるのかね」

「あんな傍迷惑《はためいわく》なチンコ、使えなくなった方が世のため人のためだろうが」

下品なネタでゲラゲラと笑いの渦がおこり、たき火の炎に混ざって暗い寒空へと昇っていく。阿部はユラユラと揺れる炎を見ながら、自分の中の伸さんの人物像が崩れていくのを感じていた。

阿部が事実を知った後も、伸さんはいつも通り休みの日は公園に出て子供に声をかけ、菓子をやっていた。

自分の貸した金が子供をおびき寄せるためのおやつ代にされていると思うと耐えられず、阿部は伸さんに金を貸すのをやめ、逆に貸した金を返してほしいと言ってみた。伸さんは「今、持ち合わせがなくてね」と申し訳なさそうな顔をしたものの、それから一週間経っても二週間経っても、返す気配がない。子供に与える菓子を買う金はあっても、阿部に返す金はないらしい。顔を合わせれば「金を返してほしい」と言っていたせいなのか、伸さんは阿部に寄りつかなくなった。恩人は身なりもよく親切だが、冷静に見れば金にだらしなく誠意もない男だった。

寒い冬が過ぎて春になり、桜の蕾《つぼみ》がほころびはじめた頃だった。その日は抜けるような青空で、休日も相まって公園には家族連れを多く見かけた。

阿部は図書館で借りた本を公園のベンチで読んでいたが、昼過ぎから急に空が厚い灰色の雲に覆われ、辺りが暗くなってきた。今にも雨が降りそうで、借り物の本を濡らすといけないと、阿部はバラック小屋に帰るため河川敷におりた。少し先に伸さんと八歳ぐらいの女の子が手を繋いで小走りしているのが見える。

心臓が嫌な感じにドクドクと騒いだ。冬の日、ニキに『川岸の豪邸に連れ込んでんだろうが』と言われた言葉が頭の中で回る。これは止めないといけないんじゃないだろうか。足が進みかけて止まる。もし何もしてなかったら？　子供と遊んでいるだけだったら？　考えすぎたせいなのか、気分が悪い上に目眩《めまい》がしてくる。倒れそうになり、阿部は慌ててバラック小屋の前にしゃがみ込んだ。どれだけそうしていたか覚えていないが、腐った米のような臭いで我に返った。

「先生、大丈夫かい」

顔をあげると、竹さんが心配そうに阿部の顔を覗き込んでいた。自分が元教師だと知ってから、竹さんは阿部を先生と呼んでいた。

「気分が悪いんじゃないかい？　救急車、呼ぼうか？」

「大丈夫だ。けど水を……もらえないだろうか」

竹さんが水を汲《く》んできてくれる。ペットボトルに入った土臭いそれを飲み干し、ようやく目眩が遠ざかる。

「暑い寒いの時期を越えたと思ったら、気が抜けたみたいにパッタリ死んじゃう人がいるから気になってさ」

阿部は立ち上がり、よろよろと歩き出した。

「先生、どこ行くんだい」

竹さんの声を無視して、伸さんのバラック小屋の前まで行く。

「伸さん」

声をかけても返事はない。ドアに手をかけるとガチンと何かに引っかかった。内側から鍵がかかっている。乱暴に引っ張ると、知恵の輪に似た簡易な鍵はあっけなく壊れた。バラック小屋の中は薄暗く、布団は敷かれたまま。そこに伸さんはうずくまっていた。伸さんの腰の下から、細い足が見えた。

「いやぁ、いやぁ、おかぁさん」

泣いている声が聞こえてギョッとする。

「何をしとるんだっ！」

大声で怒鳴る。伸さんは子供に覆い被さったまま、ゆっくりと振り返った。

「この子には狐《きつね》が憑《つ》いているんだ。祓《はら》ってあげようとしてるのに、暴れるんだよ。阿部さん、ドアを閉めて、手を押さえるのを手伝ってくれないか」

仲さんの顔は大真面目だ。どう見ても子供に襲いかかっている状態なのに、平気で見え透いた嘘をつける男に阿部は驚愕《きょうがく》した。

「その子からどくんだ、仲さん」

「もうちょっとで祓えるんだよ」

仲さんの腰が動き、女の子が「わあぁぁーん」と泣いた。阿部は仲さんの肩を摑み、女の子から引きはがした。女の子はパンツが膝までずり下げられ、仲さんのズボンのチャックからは赤黒いものがはみ出していた。

「あんたは何てことをしてるんだ！　恥ずかしくないのか」

仲さんは悪びれた風もなく「狐を祓ってたんだよ」と常軌を逸した主張を繰り返す。女の子は泣きながらパンツを引き上げ、小屋を飛び出していった。仲さんは「あぁぁ」と残念そうにその後ろ姿を見ている。

「かわいい子だったのに」

阿部は怒りで体がブルブル震えた。

「小さな子供に、あんたは何を考えてるんだ！」

「だから、狐を祓ってやろうとしてね」

言い訳にしてもしつこい。本気なんだろうか。いや、そんなわけがないと一人で葛藤する。

「これは犯罪だ。あんたは子供が好きだったんじゃないのか！」

「好きで可愛いから、祓ってやりたいんだよ」

股の間から性器をぶら下げたままでは、説得力など一切なかった。

「そんなモノでどうやって祓うというんだ！　わしに説明してみろ」

伸さんは白い顎鬚をさすり、「やれやれ」と呟きながら、モノをパンツの中にしまい込んだ。

「僕は生きられてあと二、三年だ。八十近いしねえ」

いきなりの自分語りに、阿部は首を傾げた。

「ホームレスで八十代を見ないのは、路上の生活に体力がもたなくて死ぬからだ。僕も夜の仕事が辛くって、先が見えてきた。それならまだ動けるうちに、好きなことをしたくてね」

もう死ぬから、悪行を見逃せというのだろうか。ふざけている。

「あんたのしたことで、子供が心に一生の傷を負うんだ」

「大げさだな。あの子だって大人になればセックスするだろう」

「わしは今の話をしとるんだ。あんたは自分のことしか考えられんのか！」

仲さんの表情は変わらない。そこには他人に見つかった気まずさも、したことに対する罪悪感も見られなかった。

「僕もね、若い頃は色々と考えたんだよ。けど考え過ぎて疲れたから、自分の好きなように生きていくと決めたんだ。子供の中にはね、濡れる子や勃起する子もいるんだ。子供だってちゃんと感じるし、セックスに興味のある子もいるんだよ」

仲さんは自分を肯定する言葉しか使わない。

「あんたは異常だ」

そう言う阿部を、仲さんは見上げた。

「あんたにはがっかりだ。せっかく親切にしてやったのに、人生の一番の楽しみを邪魔するなんてね。助けてやらなきゃよかったよ」

阿部は人の心の肥《こえ》だめを見た気がした。それからも仲さんは子供への悪戯をやめられず、何度か警察に捕まり、呆気《あっけ》なく死んだ。……七十八歳だった――。

阿部の話は終わる。夢中でキーボードを打ち続け、気づけば真夜中になっていた。書き起こした後も、興奮して耳が火照《ほて》るように熱い。仲さんは酷い。極悪だ。どうすればここまで開き直ることができるんだろう。

若い頃にやんちゃをしても、歳を取るごとに落ち着き、そしてあれは若気の至りだったと反省する人もいる。けど仲さんは幾つになっても反省せず、後悔もしていない。

どういう生き方をすれば、反省しない極悪な人間ができあがるのだろう。人生の終盤まで悪行を繰り返す男が生まれるのだろう。

河川敷にあるバラック小屋で死んだホームレス。子供に執着した男の人生を知りたい。生まれてから死ぬまでを一冊の本にしたい。自分が感じたこの胸糞悪さを多くの人と共有したい。友人の身内の秘密を暴くという後ろめたさは、好奇心で遠くなっていく。

伊吹はパーカーのポケットから名刺を取り出した。伸さんを知っている人にもっと話を聞けないだろうかと相談すると、阿部がくれた。声をかけてきた人、声をかけた人には必ず名刺をもらうという阿部は、死後に伸さんを訪ねてきたという男に名刺をもらっていた。そこには中堅出版社の社名が記されていて、男は自分と同じ編集者だった。

名刺に印刷されていたメールアドレスを打ち込む。

『はじめまして。篠原と申します』とタイトルをつけ、伊吹は『突然のメールで失礼いたします……』と書き出した。

待ち合わせ場所にと梶尾《かじお》大輝に指定されたのは、渋谷の「momo」というカフェだった。店の前に看板は出ていたが、どこをどうみても古着店。入るのを躊躇っているうちに雨が降り出し、半信半疑のまま足を踏み入れた。埃臭い服の間をぐるぐる回っていると、店の奥に八畳ほどのスペースを見つけた。そこがカフェになっている。

客が一人もいないので、梶尾はまだ来ていない。ウエイターに待ち合わせだと告げ、窓際にある真っ赤なソファに腰掛けた。床は黒と白のPタイルが敷かれ、壁にはコカ・コーラのプレートが掛けられている。古い海外ドラマに出てくるダイナーの雰囲気だ。バラバラと音がして振り返ると、窓硝子に雨粒が叩きつけられている。傘を持ってくるのを忘れたのに最悪だ。

梶尾からはメールを送った翌日に返事があった。いきなり連絡したので警戒されるのではないかと心配だったが『あんまネタとか持ってないけど、それでもよかったら話しますよ～』とくだけた文面であっさり取材を了承してくれたので、翌週に会う約束を取り付けた。

待ち合わせの時間に五分ほど遅れて、黄色いパンツに若草色のジャケット、ピンク色のニット帽と、カラフルなインコのような男が姿を現した。まさかアレじゃないよな……と訝しむ伊吹の前にやってきた男は「君がメールをくれた篠原君？」と微笑んだ。

「はい」

「梶尾です。はじめまして」

伊吹は立ち上がり「足許の悪い中、お呼び立てして申し訳ありませんでした」と名刺を差し出した。

「あー堅苦しいのはなしでよろしく〜」

受け取った名刺をろくに見もせず財布の中にしまい、梶尾は伊吹の向かい側に腰掛け帽子を脱いだ。五分刈で、髪の毛は黄色と緑のグラデーションに染められている。いい、悪い以前に個性的としか表現のしようがない。

以前このカフェを利用したことがあるのか、梶尾は「ビールとポテト、それとチーズバーガー」とメニューも見ずに注文する。

「腹が減って死にそうだから、ちょっと食べさせてね」

もう午後三時だ。昼を食べてなかったとしたら、仕事が忙しかったのだろう。

「どうぞどうぞ、遠慮なく」

ごめんねとでも言うように、梶尾は小さく頭を下げる。童顔でそばかすがあるから若く見えるが肌はくすんでいる。三十代半ばだろうか。メールの雰囲気が軽かったから、自分と同い年ぐらいだろうと勝手に思い込んでいた。梶尾は先に運ばれてきたビールを一気に半分ほど飲み干し、フーッと息をついた。

「伸さんの本を作りたいんだっけ？」

「はい」

梶尾には、何人かのホームレスの人生を追う形の本にしたいとだけ伝えていた。

「メールにも書いたけど、伸さんは行きつけのバーの常連だったたってことと、取材で世話になったぐらいでそれほど深い付き合いじゃないんだよね」

「それはわかっています。ただ俺は伸さんに会ったことがないので、もう人から話を聞くことしかできなくて」

ハンバーガーが運ばれてくる。チーズのいい匂いのするそれに、梶尾はぱくりとかぶりついた。

「伸さん、死んじゃったんだよなぁ。あの人もいい歳だったから、仕方ないよね。あ、もしかして平均寿命超えてたなら大往生ってことでいいのかな」

口の中にものが入ったまま喋るので、梶尾の言葉はくぐもって聞こえる。

「昔は伸さんも普通に生活してたんですよね？」

赤いソースで汚れた指先を梶尾はナプキンで拭った。

「俺が知り合った時には、年金で暮らしてたんじゃないかな。割と余裕もあったと思うよ。よくバーに来てたし。見た目が好々爺《こうこうや》で明るいし話も上手いから、若い客の人生相談みたいなこともやってて人気があったよ」

明るくて人生相談にも乗っていたという事実が、人を避けて決まった相手としか付き合いのなかったという伸さん像と重ならない。

「昔、バーの常連客が集まってキャンプに行ったことがあるんだ。そん時に伸さんもいたんだけど、テントを張ったり、炊飯用の竈《かまど》を作ったりする手際がメチャクチャよくてさ。それだけじゃなくて『君は野菜を洗う係』『君はテーブルをセットする係』って人を振り分けて使うのが上手くて、さすが元教師って感じだったよ」

「教師？」

「仲さん、前は小学校の先生をやってたらしいよ」

阿部は元高校教師だが、仲さんも教師だったとは知らなかった。それも小学校というところに業《ごう》を感じる。何を考えて仲さんは小学校の教師になったんだろう。子供が性的対象になる仲さんにとって、小学校は職場という以外にどういう意味を持っていたんだろう。「まぁ」と梶尾は続けた。

「仲さんは要領のいい人だったんだよなぁ。お金とか上手くやりくりしそうな気がしてたから、ホームレスになったのが意外でさ」

「生活保護も受けてたみたいです。けど中断したり、はじめたりを繰り返しているうちに、面倒くさくなったみたいで、最後は空き缶とか雑誌を集めて売っていたそうです」

「けっこうな歳なのに、仲さん働いてたんだな」

仲さんが子供に悪戯をして服役していたという情報を梶尾には伝えなかった。知ってしまうことで、梶尾の記憶にある仲さんに変なバイアスがかかってしまう気がする。

「あれっ、大ちゃん来てたんだ。今日、取材だっけ？」

古着ショップの方から、三十前後だろうか……金髪の七三分けに黒縁の眼鏡、チェックのシャツに蝶《ちょう》ネクタイの男が顔を出す。お笑いの舞台に上がっていても違和感のない胡散臭さだ。

「いんや。ここで飯食いながら打ち合わせみたいな感じ」

「大ちゃんの好きそうなのが入荷してるから、時間があるならまた後で見てってよ」

金髪の七三はニコニコしながら古着屋の方に消えていく。

「俺ね、古着メインのファッション誌にいるの。ここはよく取材協力してくれるんだ」

それを聞いて、梶尾の個性的な服装と髪形がストンと腑《ふ》に落ちる。

「ファッション誌に行き着くまでフリーだったから、色んな本を作ったんだ。旅行記や料理本、お堅い精神医学の本とかね。アングラなとこだと宇宙人とかヤクザの本なんかもあったな。伸さんにはマイナーな雑誌で特集を組んだ時に世話になったんだ。もう十五年ぐらい前になるかな」

「特集って、テーマは何だったんですか？」

梶尾は黙り込み、伊吹の目を見て「引かないでほしいんだけど」と前置きしてから、前のめりになった。

「小児性愛の特集だったんだ。実名は伏せるって条件で、子供との性愛に興味がある人を集めて座談会をやってね。五、六人集まったんだけど、伸さんはその中の一人だった」

ゴクリと唾を飲み込む。阿部から聞いた伸さんと繋がった。梶尾はじっと伊吹を見つめ「驚かないね」とぽつんと呟いた。

「もしかして伸さんがそうだって知ってた？」

「あ、はい」

梶尾は「そっかぁ」と息を吐き、力が抜けたようにソファに深くもたれ掛かった。

「君は伸さんと会ったことがないんだよね。どうしてそうだって知ってたの？」

「伸さんのホームレス仲間に聞いたんです。公園に来てた子供に手を出して何回も捕まってたって……」

うっわ～と顔を歪め、梶尾は舌打ちした。

「盛大にしくじっちゃってたわけね」

その反応が妙に引っかかる。普通は「最悪」「気持ち悪い」と嫌悪感を抱くんじゃないだろうか。自分はそうだった。

「しくじるっていうより、そういうことをしたら捕まって当然ですよね？」

途端に梶尾は気まずそうな表情になり「伸さんを肯定してるんじゃないよ。ごめん、ごめん」と謝った。

「伸さんって用心深かったからさ」

「じゃあ余罪があるってことですか？」

梶尾は「君、突っこんでくるねえ」と苦笑いした。

「一度や二度じゃないと思うよ。バーでも自分でゲロってたし」

梶尾はひょいと肩を竦《すく》める。子供が犠牲になっているというのに、まるで他人事だ。正義の味方を気取るつもりはないが、その態度にイラッときた。

「通報しようと思わなかったんですか？」

「だって、無理でしょ」

梶尾はビールの残りをクイッと飲み干した。

「いくら手を出したって言われても、酔っぱらいの戯言《ざれごと》だしね。人が死んでるなら兎も角さ。伸さんの毒牙にかかった子がいても、歳も、名前も、どこに住んでいるかも、何をしたかも具体的にはよくわからない。通報したところで、雲を摑むような話になっちゃう。相手なんて見つかるわけないし、証拠がなけりゃこっちが名誉毀損で訴えられちゃうよ」

言われてみればそうかもしれない。当人の立場になれば、他人事にならざるをえないのかもしれないと、納得したくないのに理解してしまう。

「こういう弱い者がいじめられる話って、聞いてて気分のいいものじゃないよね。俺にできるのは『もうやめといたら。いい歳なんだから』って冗談ぽく言ってやることぐらいだったよ」

梶尾は忠告したのだ。そして伸さんはその言葉を気にすることなく悪行を続け、警察に捕まった。ホームレスになるまでの伸さんが、隙間から見えてくる。

「子供をそういう目で見る大人って、けっこういるんですか？」

梶尾は笑った。

「そんなの俺にわかるわけないじゃん」

ハッとした。仕事でそういう人と知り合う機会があったというだけで、梶尾も自分と同じ部外者なのだ。

「……特集で座談会をやった時に、外国に子供を買いに行くって人がいたよ。その人は、現地には日本人のお仲間がけっこういたって話してたな。十五年近く前に聞いた話だから、今はどうか知らないけど」

女性だけでなく子供とのセックスが目的で外国に行く輩がいるという話は伊吹も知っていたが、実際に人の口から聞かされるとどうにも生々しい。

「その、外国に買いに行ったのって、どんな感じの人でしたか」

梶尾は困ったように笑った。

「……まぁ、伸さんだったんだけどね」

伊吹は思わず「ええっ」と声をあげていた。

「日本じゃ色々と面倒だし犯罪になるから、外国で買ってたらしいよ。向こうでも捕まったらヤバイと思うんだけどね。せっせと働いて金を貯《た》めて外国に行って、また帰ってきて働いて外国に行っての繰り返しだったたってさ」

梶尾が忠告しかできなかったという意味が、今更ながら響いてくる。外国で子供を買うことに、日本の警察が介入できるかどうかなんてわからない。

「色々気にしてわざわざ外国に行ってた伸さんが、結局日本の子に手を出したっていうのはどういう心境の変化だったのかなって思うよ。金がなくなって外国に行けなくて……って経済的なことかもね」

一生懸命働き、その金を握りしめて海外まで子供を買いに行く。馬鹿らしくて伊吹の常識では考えられない。

「何か、やってることが意味不明ですよね」

梶尾は「まぁ、そうだよね」と相槌を打つ。

「他の人からしたら無価値で非常識な物に金を払うって感じだよね。コレクターとかそういうタイプかも」

そう言い切ってしまうところが怖くなる。

「人は物じゃないですよね」

思わず確認していた。

「けどさ、伸さんからしたら物なんじゃないの？　子供なら国籍関係ないってとこで、もう人格とか必要なくなってるし。わざわざ外国まで行くなんて俺も面倒くさいって思うけどさ。他人が理解できなくても、本人が満足してたらそれはそれで完結してるよね」

梶尾は残っているハンバーガーを口に運ぶ。沈黙の間に、仲さんという男について考える。外国にまで行き子供を買う男。擁護できる部分なんて何一つない。軽蔑に値する。

「まぁ、本人がやっていることを聞くと仲さんってのはもう最低の人間なんだけど、付き合っている分には普通だったよ。人に気を遣えるし、性格も穏やかだしね」

伊吹は首を横に振った。

「……俺は無理です」

「ゲスい話だからね～。俺は話を聞いたのが知り合って随分と経ってからだったし、噂《うわさ》もちょくちょく耳にしてたから今更って感じだったかな。初対面でそれを聞いてたら、ドン引きして距離をおいてたと思うけど。まぁ、ぶっちゃけ仲さんがそうだからって、こっちに実害はないんだよね。取材なんてしなきゃ、そこまで知ることもなかっただろうし」

「梶尾さんは、仲さんのそういう一面を知らなかった方がよかったと思いますか？」

しばらく黙り込んでから、梶尾は「どうでもいいかも」と軽く答えた。

「そこまで深く付き合ってたわけじゃないし、距離をおこうと思えばいくらでもおけたし。それに伸さん、ホームレスで一人で死んだんだよね？」

「はい」

「人って色んな死に方があるけど、それってメチャクチャ寂しい死に方だよね。個人的には絶対に嫌だって思うんだよなぁ。本当、あの悪癖さえなけりゃ、伸さんっていい人だったと思うんだけどね」

……梶尾に、どうして公園で阿部に伸さんの様子を聞いたのか尋ねてみた。

「会社に近いし、あの公園の傍をよく通るんだよ。そこで伸さんをちょくちょく見かけてたんだ。いつも声をかけてたわけじゃないけど、煙草をあげたり、立ち話なんかたまにしててさ。ここんとこ見ないから気になって、近くにいた人に聞いてみたんだ。やっぱ顔見知りだったからさ」

もしかしたら、梶尾は伸さんの死を悲しんだのかもしれなかった。

編集部に戻ったあと、仕事の合間を縫って伸さんの本の企画書を作ってみたが、上手くまとまらない。衝撃的な事実はぽんぽん出てくるが、肝心の伸さんという人のキャラクターがぶれている。人は変わるものだとしても、その心境の変化、過程が知りたい。もう少し伸さんを読み解くだけの情報が欲しいと切実に思った。

鎌倉の駅を出て、スマホのナビを頼りにしばらく歩いていると、住宅街の中に白い三階建ての大きな建物が見えてきた。長い長い灰色のコンクリート塀にそって正面までやってくる。門柱には『鎌倉市立梅辻《うめつじ》小学校』と黒灰色のプレートがかけられていた。

正門は伊吹の胸もとほどの高さで、鉄柵はピタリと閉じられていた。校庭に入ってすぐの場所にある遅咲きの桜が、風が吹くたび大量の花びらを豪快にまき散らしている。

午後二時を過ぎているので、昼からの授業はもうはじまっている。校庭に出ている生徒は一人もいない。音楽の授業をやっているのか、ピアノの音が微かに聞こえてくる。

伸さんが小学校の教師だったと聞いて、どこで働いていたのか知りたかったが、梶尾も勤務していた小学校の名前までは知らなかった。伸さんの甥っ子、森下の父親なら分かるかもしれないが、伸さんのことをこそこそ調べ回っている今の状況ではとても聞き出せなかった。

教職員の異動は新聞に出ていたなと思いだし、伊吹は図書館で古い新聞を調べたが伸さんの名前は見つけられなかった。途方に暮れて、梶尾に『伸さんの件が行き詰まってます』と愚痴のメールを送ると『伸さんって生まれが神奈川だったから、そっちで働いてたかもよ～』と思いがけず有力情報を得た。浅草のホームレスだから、東京の人だとばかり思い込んでいた。

神奈川には伊吹の祖父母の家があり、両親の離婚後はしばらくそこで過ごしたので、馴染みがある。翌日、午前中から県立の図書館に行き、古い新聞を閲覧した。そこに森下伸春の名前を見つけた時は、思わず「やった！」と声をあげていた。

新聞の日付から逆算すると、伸さんは三十五歳の時に梅辻小学校に異動していた。図書館から一時間ほどで行けそうだったので、見つけた勢いのまま足を運んでいた。

伸さんがこの小学校で働いていたと思うと感慨深いものがあるが、興奮が過ぎると少し冷静になった。ここで伸さんが働いていたとしても、四十年以上前の話だ。その時のことを覚えている人がいるとは思えない。

学校といえば、卒業時に卒業アルバムを作る。閲覧を申し込めば、見せてもらえるだろうか。どれかにきっと伸さんは写っているはずだ。人の口から語られる伸さんは知っていても、まだ顔を見たことがない。梶尾も写真は持っていなかった。せっかくここまで来たのだから、伸さんの顔だけでも見ていきたい。

「うちの小学校に、何か御用ですか」

門の向こうから、短髪で日に焼けた三十前後の男が声をかけてきた。緑のポロシャツにベージュのチノパンで足許は運動靴。全身からいかにも教師といった雰囲気を醸し出している。

「こんにちは」

ぺこりと頭をさげると、男も「こんにちは」と白い歯を見せて笑った。

「ここの小学校の卒業生じゃないんですけど、卒業アルバムって見せてもらえたりするんですか？」

男は太い眉を顰め「うーん」と小さく唸った。

「今は色々と怖い事件もあるので、学校内に関係者以外が立ち入るには事前の許可が必要なんですよ。ホームページから申し込んでもらって、校長から許可が下りたら学校の中に入ることはできますけど、卒業アルバムの閲覧はどうかなぁ」

来てすぐというわけにはいかないようだ。そして申請だ、許可だとハードルも高い。

「わかりました。また出直してきます」

ごねるつもりもなく、引き上げようとすると「ねぇ」と男に呼び止められた。

「うちの小学校出身で、有名人でもいるの？」

伊吹は首を傾げた。

「先月もうちの卒業生じゃないのに、卒業アルバムの閲覧を希望してきた若い子がいたって聞いたんだよね。俺、俳優とかアイドルって全然わからないからさ」

以前ここに勤めていたペドフィリアの教師の顔を見たいからなんて、本当のことは言えない。

「あのですね、その……母がここに通っていたんですが、お世話になった先生がいたらしくて、どんな人だったのか顔を見たいなと思って」

適当に理由を捏造《ねつぞう》する。男は「あっ、そうなんだ」と拍子抜けした顔になる。疑ってもいないようだし、情に訴えてもう一押ししたら、今日のうちに閲覧を許してくれないだろうか。

「俺の母は入院していて、あまり具合がよくないんです。けど昔のことは楽しそうによく話してくれるんですよ。引っ越しで昔の写真と卒業アルバムを失くしちゃったみたいだから、好きだった先生の写真でも写メしてあげたら喜ぶかなと思って」

男は真剣な顔になり「そうか、そういうことかぁ」と大きく頷く。

「その先生って、何て名前?」

「もう定年退職してて、今は八十近いんじゃないかな」

暗《あん》にお前は知らないだろうという意思表示のつもりだったが、男は「名前を教えて」と食い下がってきた。

「森下仲春って名前なんですけど」

「モリシタノブハルね。オッケー。ちょっとここで待ってて」

男は校舎に引き返していく。調べて卒業アルバムを持ってきてくれるのかと期待したが、男が連れてきたのは背が低く恰幅《かっぷく》のいいえびす顔の禿《は》げた爺さんだった。目が合うと爺さんは「こんにちは」とにっこり笑った。

「高岸《たかぎし》先生は今は学童保育の指導員だけど、退職するまで梅辻小学校で長く教師をしてたんだ。君が話してたモリシタノブハル先生のことも知ってるってさ」

まさかここで伸さんの知り合いに会えるとは思わず、震えが来るほど高揚した。チノパン、グッジョブと言いたいのを必死で堪える。

「森下先生はとてもいい先生でしたよ。私も随分とお世話になりました」

高岸は細い目を更に細め、昔を懐かしむようにゆっくりと喋った。

「森下先生は今でもお元気ですかねぇ。随分と前から年賀状が届かなくなって、お体が悪いんじゃないかと心配してるんですが」

教師時代の伸さんのことを是非とも教えてもらいたいけど、死んだということは言えない。なぜ知っているか詮索されたら困る。

「あの……不躾《ぶしつけ》なんですけど、もしよかったら、伸さ……いや、森下先生のことを俺に話してもらえませんか。教え子だった俺の母に教えてあげると、喜ぶと思うので」

チノパンが「彼のお母さん、ご病気らしいんですよ」と耳打ちする。高岸は「おお、それはお気の毒に」と呟き、時計を見た。

「仕事が終わってからでもいいので、お時間いただけませんか。俺、待っているので」

三時間でも四時間でも待つ覚悟で切り出した。「仕事が終わる時間が遅いので、もしよければ日を改めて……」と言う高岸の隣で、チノパンが「高岸先生、しばらく俺が交替しますよ」とグッと親指を突き出した。

「何なら学童館で話をされたらどうですか？　上の子たちが来るまで時間もありますし」

校長の許可をもらわないといけないはずだった鉄門があっさりと開く。

「……あの、入ってもいいんですか」

おそるおそる問いかけると、高岸は「校長は私の後輩ですからねぇ。後で事情を話しておきますよ」と微笑んだ。伊吹は促されるまま学校内へと足を踏み入れた。校舎の隣にある学童館の奥、相談室と書かれた六畳ほどの部屋へと案内され、お茶を出してもらった。

「私は定年までこの小学校に勤めてねぇ。さっきの若い子は逸見《いつみ》といって、私の教え子で今は同僚なんです。とても明るくていい子でね」

高岸は自分で淹《い》れたお茶を一口飲み、フウッと息をついた。

「あなたのお母様は今、おいくつですか？」

伸さんがここで働いていた時期と、母親が小学生だった時期が一致していないとまずいことになる。それを今すぐ計算できるはずもなく、緊張しながら「四十八歳です」と本当の歳を答えた。高岸は聞いてみただけのようで「若いのに病気とは大変ですねぇ」と単純にこちらを気の毒がっていた。

「森下先生は、そりゃあもう素晴らしい先生でしたよ。子供の教育にとても熱心でねぇ。先生は担任になると自分のクラスの子全員に一冊のノートを渡すんですよ。子供に自由に書かせて、一人一人に返事を書くんです。一年間、毎日続けられてね。時間もかかるし、子供をちゃんと見てないとそんなことできやしない。私も真似《まね》をしたことがありますが、すぐに音を上げてしまいました」

伊吹はスマホに着信があった振りをして、ボイスレコーダー機能をオンにした。高岸は多分、気づいていない。

「あと子供同士のいじめにも敏感でねぇ。小学生は五、六年生の頃が一番接するのが難しいんです。いじめが顕著になるのもこの頃で、嫌な言い方をすると、この学年で子供に舐められると、子供が先生の言うことを聞かなくなって、子供のためにも先生のためにもよくない結果になる。ですから経験が浅く若い先生にはなかなか任せられない。森下先生は子供の扱いがとてもお上手だったから……いや、上手いというより先生の真摯《しんし》な気持ちが子供に伝わったんでしょうなあ……問題のある五、六年生を任せられることが多かったですねぇ」

「すごくいい先生だったんですね」

相槌を打ちながら、伸さんは職場では「まとも」だったんだなと頭の中で分析する。

「ですから君のお母さんのように、今でも森下先生を慕っている教え子がいるというのは、私にはよくわかるんですよ」

そんなに素晴らしいはずの先生が、子供への淫行を繰り返すホームレスになって死んだのだ……。高岸はフフッと笑った。

「森下先生には武勇伝がいくつもあってねぇ。昔、ヤクザの子供が通ってきていたことがあったんです。騒ぐ、殴る、泣き叫ぶ、爆弾みたいな子で手に負えなくて、他の子供までその子に感化されて学年全体が酷いことになってねえ。その子のいるクラスを五年生で森下先生が受け持ったんですが、初日からいきなりその子を叱りとばしましてね。そしたら翌日、ヤクザの父親が刃物を持って学校に乗り込んできたんですよ」

話をしているうちに興奮したのか、高岸は手振りもまじえてくる。

「森下先生はその親と二時間、二人きりで話をしましてね。私は先生が殺されるんじゃないかと恐ろしくて、部屋の外でバットを持ってブルブル震えてました。先生の叫び声が聞こえたら、助けに飛び込むつもりでね。けどそんなことにはならず、ヤクザの父親も怒鳴り込んできた勢いが嘘みたいにおとなしくなって帰っていったんですよ。その子は相変わらず手がつけられませんでしたが、もう親が怒鳴り込んでくることはなかったし、半年もする頃には、すっかり森下先生に懐いちゃってねえ。中学生になってもその子は先生を慕って時々小学校に顔を見せに来てて可愛らしかったなぁ」

高岸は伊吹に嘘をつく必要はない。だとするとこの話は本当なんだろうか。

「森下先生がねぇ、私に教師を目指した理由を教えてくれたことがあるんですよ。先生は小学生の頃はとても緊張しやすくて、教師にあてられるといつも声と体が震えていたそうです。そんな調子だから、クラスで劇や発表会があっても森下先生が主役に選ばれることはなかった。けど四年生の時の担任が、森下先生をクラス別の演奏会の指揮者に大抜擢《だいばってき》したそうなんです。森下先生は音感がとてもよかった。担任はそれを知っていたんですねぇ。発表会は大成功で、森下先生は嬉しくて泣いたそうです。そして先生っていうのは、自分みたいな子供でもちゃんと見てくれてるんだと感動して、自分もその先生みたいに、教え子全員をわかってあげられる先生になりたいと思ったらしいです」

猜疑心《さいぎしん》が湧き上がる。それは本当の理由だろうか。小学生と一緒にいたいから、教師を目指したんじゃないんだろうか。それとも伸さんは、最初は邪《よこしま》な感情はもっていなかったんだろうか。伸さんはもういない。何を考えて教師になったのか、永遠に知ることはできない。

「森下先生に、欠点はなかったんですか？」

高岸は目を細め、ニヤッと笑った。

「森下先生はブロッコリーが苦手だったんですよ。いつも子供にあげていたのがばれて、教頭に酷く叱られてましたねぇ」

そんなものは欠点のうちに入らない。外国で子供を買っていた男だ。教師生活の中でも、何か……そういった意味でおかしな部分が絶対にあったはずだ。

「森下先生の趣味って何か知ってますか？　例えばスポーツとか旅行とか」

話をふると、高岸は思い出したように「そうそう！」と手を叩いた。

「森下先生は海外旅行が大好きでしたねぇ。多い時は年に三、四回は行ってたんじゃないかな。普段は忙しくしてるから、旅行で気分転換するんだって話してました。最初のうちは海外なんて珍しいから、贅沢《ぜいたく》じゃないかって陰口叩く先生もいたけど、森下先生は気にしてなかったなぁ。アジアが好きだったようで、フィリピン、タイ、マレーシア、インド……色々なお土産をもらいましたよ」

それが買春旅行だったと、高岸は想像もしなかっただろう。

「写真も色々と見せてもらいましたねぇ。景色がとても綺麗で正直、羨ましかったです。あれは独身だからできたことでしょうね」

「森下先生、奥さんと死別したんでしたよね」

高岸は「いいえ」と首を横に振った。

「森下先生は独身ですよ。いや、私が知っている間は独身でした。とても忙しい人だったので、家庭を持つと仕事が疎《おろそ》かになりそうだから、一人がいいと言われてましたね。自分の子供がいないのは残念だけど、私には学校の子供達がいるからってね。とてもストイックな人でした」

若いうちに結婚したという阿部の話と齟齬《そご》がある。どちらが本当だ？　結婚や妻との死別を職場に隠しておくのは無理なので、高岸の言っている「結婚していない」というのが事実に近そうだ。ペドファイルには子供にしか欲情できない者もいると本にあったので、仲さんが大人に興味をもてなかったとしたら、仕事が疎かになるから結婚しないのではなく、仕事の忙しさを盾に本当の理由を隠そうとしたんじゃないだろうか。

では阿部に嘘をついたのはなぜだ？　「可哀想な男」を演出し、同情させるためか？　それとも自分は普通だと地味にアピールしていたんだろうか。事実はわからないが、仲さんが人を見て、自分の過去を捏造していたのは明らかだ。

自分は多方面から話を聞いているが、仲さんが全ての人に本当の姿を見せていたわけではないと確信した。

「私はね、森下先生の言葉で、今でも覚えていることがあるんですよ。先生はいつも『曇りなく純粋な心でいろ。子供は自分の心を映す鏡だ』と言っていました。『自分の心が不純だと、子供の心がそれを映し曇ってくる。もし子供を輝かせたいと思ったら、自分が光り輝かないといけない。子供と違って大人は複雑だから、純粋な心で光り輝くのは難しい。だから努力するんだ』とね」

阿部が話していたピーターパンの話を思い出す。仲さんが口にした純粋という言葉。邪な男にとって、それはどういう意味を持っていたんだろう。

「私には子供が三人いるんですが、次女が生まれた時、妻の産後の出血が酷かったんです。今でも覚えてる。とても寒い日でねぇ……医者に『冬場なので輸血用の血液が少なく、このままだと足りなくなるかもしれない。血が止まらないようなら、覚悟してください』と言われたんですよ。私と両親は血液型が違うし、妻の親は遠方に住んでいた。私は絶望し、泣きながら森下先生に電話したんです。そしたら夜中なのに三十分もしないうちに病院に駆けつけてきて『僕の血をつかってくれ』と言ってくれたんですよ。それだけじゃない、学校の先生全員に電話して、妻と同じ血液型の人を探して病院に来るよう頼んでくれたんです。四人も来てくれて、そのおかげで妻は命を取り留めました。その妻も去年亡くなってしまいましたが、森下先生には『命をいただいた』と言ってずっと感謝していました。……あぁ、先生にまた会いたいですねぇ」

言葉を噛みしめ喋っていた高岸が、フッと視線を落とした。

「森下先生は、もしかしたらあのことを気にしているんだろうか」

ボソリと呟く。

「あのこと、というのは？」

高岸は「実に酷い話です！」と穏やかな口調を一変させ、その瞳に怒りを浮かべた。

「森下先生はここに十年近く勤めたあと、別の小学校に異動しました。そこで子供に悪戯をしたと親から訴えられたんです。とても問題のある子供で、百戦錬磨の森下先生でもかなり手こずっていたらしいと私も人伝《ひとづて》に聞いていました。悪戯といっても目撃者はなく、あるのは先生に恨みを持つ子供の証言だけ。先生がそんなことをするはずがないし、子供が嘘をついてるのが見え見えだった。訴えは取り下げられたようですが、先生は学校に迷惑をかけてしまったと責任を感じて辞職されたんです。私は知り合いからその話を聞いて泣きました。あんなに熱心で子供思いの先生はいなかったのに……。しばらくしてから私は先生に電話をして、腹を割って話をしました。先生は『たとえ事実ではなくても、嘘をつかせてしまうほど私はあの子を追いつめてしまっていた。教師失格だよ』と言われていました。最後まで潔く、責任感の強い先生に私は涙が止まりませんでした」

その時のことを思い出したのか、高岸はぽろりと大粒の涙をこぼした。

……チャイムが鳴り、年かさの児童が学童保育にやってくる。伊吹は丁寧に礼を言い、小学校を後にした。沢山の情報が一気に頭の中に飛び込んで来ている。自分が知っている伸さんとイメージが違っていたり、大まかな出来事のアウトラインは同じだったり。

高岸はいい先生だったのだろう。教え子だったというチノパンに今でも慕われているのが、傍目からでも伝わってくる。そして高岸から見た伸さんもまた、いい先生だったのだ。

自分が服を裏返しに見ているような気がしてきた。服の裏側は、縫い目や糸が見えて汚い。そして高岸が見ているのは服の表だ。ガタガタの縫い目など知らず、綺麗な表だけを見ている。裏返すきっかけがなければ、高岸の中で伸さんは永遠に綺麗な表のままなんだろう。

伸さんという男の姿が大きく揺らぎ……伊吹はその輪郭が摑めなくなってきていた。もう一度図書館に戻り調べてみると、梅辻小学校へ赴任した七年後に伸さんはみその小学校へと異動していた。みその小学校へ行ってみようと場所を検索すると、母方の祖父母の家のすぐそばだった。もしかしたら、母親はみその小学校に通っていたかもしれない。伊吹も幼い頃、祖父母と共に住んでいたが、通っていた小学校が私立だったので近くの公立小学校には馴染みがなかった。

高岸に「森下先生に母が世話になって」と話したが、本当に習ったことがあるかもしれない。計算すると伸さんと母親は一年だけ小学校にいた時期が重なっている。このできすぎた偶然が逆に怖くなってきた。死んだ伸さんが、自らのことを知って欲しくて自分を動かしているんじゃないか……馬鹿げた妄想にとらわれつつ、母親に電話をかけて聞いてみる。みその小学校には通っていたものの、伸さんのことは『そういう名前の先生がいたかもしれないけど、もう覚えてないわ』とそっけない返事だった。『その先生がどうかしたの？』と問われ「ちょっと、仕事関係で色々と企画してて……」と歯切れ悪くモゴモゴ喋っていると『圭祐にも聞いてみれば』と言われた。

『あの子、知ってるかもしれないわよ』

久瀬圭祐は、伊吹の叔父だ。母親よりも七歳下の四十一歳で独身。百貨店の外商で働き、都内のマンションで一人暮らしをしている。母親が離婚して実家に戻り、叔父が実家から仕事に通っていた時期に数年、同居したことがあった。

子供の目から見ても、背が高くかっこいい叔父だった。そして甥っ子の自分とよく遊んでくれた。母親に「圭祐は伊吹を猫っ可愛がりし過ぎよ」と言われるぐらい構ってくれた。

伊吹が中一になった年、叔父はマンションを購入しそこで暮らしはじめ、実家に寄りつかなくなった。最初のうちは寂しかったがすぐに慣れたし、母親が再婚して千葉に引っ越してからは、叔父との距離は更に遠くなった。

慶事にも顔を出さないほど忙しい叔父に、祖母は「男の子は薄情だから、育て甲斐《がい》がない」と嘆き、母親に「母さんが、あんまり『結婚』『結婚』ってうるさいからよ」とピシリと言われていた。

顔を合わせなくなり、自分の存在など忘れているのかと思っていたが、伊吹の成人式に叔父はお祝いだというメッセージカードと共に、使うのが恐れ多いような高級腕時計を贈ってきてくれた。その際にお礼の電話をかけたが、声は数年前と変わりなかった。

電話をかけるのはそれ以来だ。すぐに叔父へと繋がったものの、仕事で忙しかったらしく『急ぎでなければ、三十分後にかけ直すよ』と言われて切った。きっかり三十分後にかけ直してきてくれた叔父に「聞きたいことがあるんだけど」と切り出すと『久しぶりだし、夕飯でも一緒にどう？』と誘われた。

待ち合わせの駅前に現れた叔父は、グレーのスーツ姿だった。伊吹が最後に会った中一の時からそのままやってきたんじゃないかと思うほど、記憶にある姿と変わりない。叔父は最初、自分がわからなかったようでやたら周囲をキョロキョロと見回していて、声をかけると「おおっ」と驚いていた。

「大きくなったなぁ、伊吹。別れた時はまだ子供子供してたのに」

叔父は嬉しそうに微笑む。目尻の笑い皺は、年相応に深い。

「いつの話をしてんだよ、俺もう二十四だし。叔父さんはまだ結婚しないの？」

「仕事が忙しくて、彼女を作る暇もなくてね。……店だけど、僕の好きな所でいい？」

「どこでもいいよ」

連れて行かれた先は、有名な高級料亭だった。先輩が担当していたグルメ雑誌の編集を手伝った時に取材をしたことがある。経費でおとせるとわかっていても、ビビるぐらい高かった。

「俺、あんまり持ち合わせがない」

怖《お》じ気《け》づいて店の前で立ち止まる。叔父は「僕が誘ったんだからおごるよ」と伊吹の肩をポンと叩いた。

予約してあったのか、着物姿の従業員に案内されたのはテーブルのボックス席で、通路とは襖《ふすま》で仕切られて個室になっている。隣の声も殆ど聞こえないので、話をするにはいい店だ。叔父はその辺も考慮して選んでくれたのかもしれない。それにしても高すぎるが……。

「選ぶのが面倒だから、お薦めの春のコースでいいかな」

伊吹は頷き、心臓に悪い金額が並ぶメニューを早々に閉じた。

「伊吹も成人したし、お酒も大丈夫だね。飲み物は何にする？」

無難にビールを頼み、叔父はシャンパンを選んだ。個室は白い塗り壁で、正面に五十センチ四方の正方形のへこみがあり、そこに桜の花が飾られている。伸さんを追いかけている間に、通勤路の桜はすっかり葉桜になってしまっていた。

「桜ってまだ咲いてるんだ」

伊吹が呟くと「八重桜だね」と叔父が答えた。

「染井吉野はもう終わっているから。……伊吹、僕の贈った時計を使ってくれてるんだね」

「あ、うん。ありがとう」

叔父にもらった時計は軽いし、高級だけどオッサンぽい感じがなくて、していると友達に「かっけーじゃん」とよく褒められた。それが嬉しくて毎日つけているうちに、体の一部のようになっていた。スマホがあるから時計をしない奴も多いが、伊吹はつける派だ。時間を確かめるのにいちいちスマホを出すのが面倒なのもある。

「姉さんから聞いたよ。伊吹は出版社で編集をしてるんだってね」

「うん」

「物を作るという創造的な仕事だね。とても素敵だ」

創造するのは作家で編集者はプロデューサー的なもの。そう大したこともないのにストレートに褒められて恥ずかしくなる。しかも自分は契約社員だ。

「雑用みたいな感じだけど」

叔父は優しげな目つきでフフッと笑った。

「昔、伊吹が将来どういう仕事をするんだろうと考えたことがあるよ。プラモデルを組み立てるのが好きだったから、車の設計者なんか合うんじゃないかと思ってたけど、編集とは意外だったな」

「期待外れだったよな、俺」

叔父がふと真顔になった。

「僕もそうだし姉さんも同じだろうけど、伊吹が自分の好きな仕事を楽しくやれるなら、それが一番だと思っているよ」

……親のような言葉が、胸にジンと沁《し》みる。両親が離婚したあと寂しくなかったのは、叔父がいたことも大きかった。「伊吹、伊吹」とあちこちに連れ出され、楽しくて、寂しさを感じる暇もなかった。あれが欲しい、これが欲しいと自分は我が儘だったが、叔父はいつも「いいよ」と買ってくれた。

ふと『不思議の国のアリス』を思い出す。叔父はいつも自分の欲しがっているもの、嬉しいものを与えてくれた。けどあの本だけはもらっても正直、嬉しくなかった。だから逆に印象に残っていたのかもしれない。

「叔父さんって前に『不思議の国のアリス』の本をくれたことがあったよね」

忘れているかと思ったが、叔父は覚えていたらしく「そんなこともあったね」と微笑んだ。

「どうしてあの本を俺にくれたの？」

「女の子向けかなと思ったけど、あの話はとてもよくできていて大人が読んでも面白かったから。著者のルイス・キャロルは男で、数学者なんだよ」

「そうなんだ」

タイトルが可愛いので、なんとなく作者は女性だと思っていた。

「あの本がどうかした？」

男が紡いだ少女の話。子供の……話。伸さんも読んでいた本。背筋がゾクリとする。

男が少女を主人公に話を書くなんて珍しくもない。だけどもしかしたら、仲さんは作者の視線で本を読んで楽しんでいたんだろうか。体に絡みつく不快感を払うように、伊吹は首を横に振った。

「叔父さんさ、小学生の時に森下伸春って先生に習わなかった？」

数秒の間をおき、叔父は「懐かしいなあ」と頷いた。

「五年生の時に担任だったよ。……どうしてそんな昔のことを伊吹が知っているの？」

「俺、その人の本を作ろうと思って色々取材してるんだ」

「そうなの？　先生、偉くなられたんだなあ。今はどうされてるんだろう」

「ついこの前、亡くなったんだけど」

叔父は「えっ、そうなの？」と驚き、そして「もうお歳だったから」と目を伏せた。けど、と顔を上げる。

「伊吹が本を作ろうとしている人が、僕が習ったことのある先生だなんて縁を感じるよ」

森下伸春……どうして仲さんの本を作ろうと思ったか、その理由は今ここで正直に言わなくてもいい。というか言いたくない。偏見のない、当時の叔父の目からみた仲さんが知りたい。

「森下先生ってどんな先生だったの？」

叔父は「いい先生だったよ」と遠い目をした。

「小柄で細身だったけど、見た目よりもパワーがあったね。先生は五、六年生をよく受け持っていたから、五年生になったら森下先生が担任がいいって子が沢山いたよ。人気者だったな」

「どうして人気があったの？」

「優しかったし、授業が面白かったんだよ。例えば、国語の授業だったら普通は教科書を読ませて、漢字を書かせてってルーチンで面白くないだろう。先生は作者の生い立ちや、話に出てくる地域や言葉の意味なんかも教えてくれるから、視野が広がる感じがした。あと先生は旅行が好きでよくアジアに行ってたから、授業中に旅行の話をはじめて、喋るのに夢中になって授業が潰れちゃったことも何度かあったりして、それがまた楽しくてね」

旅行と聞いて、胸の中にドロッとしたものがたまりはじめる。

「そうそう、僕の小学校の同級生で、カンボジアで医者をやっている奴がいるんだ。あれは森下先生の話に影響されたんじゃないかな」

「そ……うなの？」

「先生はアジアの貧しい国の子供達の写真もよく見せてくれたんだ。それが日本と世界を意識するいいきっかけになった気がする。その学年に課せられたノルマを教えるのも大切だけど、先生はそれ以外の、情操教育という面でとてもオリジナリティがあったね」

次の料理が運ばれてくる。刺身で、鯛《たい》、鮪《まぐろ》、鰹《かつお》、イカがツマの上に形よく盛られている。叔父はさっそく鯛を口に運んだ。

「旬のものはやっぱりいいね」

美味しそうに舌鼓を打つ。

「感受性の豊かな頃、小学生や中学生といった時期に、どういう大人、どういう先生に出会うかはとても重要だね。それからの人生が変わることもあるから」

飾られている桜の花びらが、まるで蝶のように叔父の鮪の上にとまる。叔父の口許がふんわりとほころぶ。

「桜は美しいね」

叔父は箸で花びらをつまみ、ごく自然に口許に運んだ。そして思い出したように「森下先生、誕生日が四月の初め頃だよね」と聞いてきた。伊吹はそこまで知らないが、言われてみれば名前は仲春だ。

「四月の初めって学校は春休みだろう。いつだったか、僕が春休みに校庭で遊んでいたら、卒業したはずの六年生が何十人も集まってきて、校庭で森下先生の誕生会をはじめたことがあったんだ。どうしても先生をお祝いしてあげたかったんだろうね。森下先生、教え子に囲まれて泣いてたな。そういうのって教師冥利に尽きるよね。あれを見て『先生っていいな』と子供心に思ったものだよ。僕も教職は取ってみたものの、結局先生にはならなかったんだけど」

伊吹の脳裏に、舞い散る桜の花びらが浮かぶ。沢山の子供達に、桜の木の下で誕生日を祝ってもらう伸さん。もしかしたら伸さんは、沢山の子供達に楽しい記憶と希望を与えたのかもしれない。だがその裏で沢山の子供達を傷つけてきた。希望を与えられた子供は幸福で、傷つけられた子供は不幸だ。どうやってその選別はされたんだろう。

自分が真実を告げなければ、叔父の中で伸さんは「いい先生」として一生を終える。けど、伸さんに対する不信感は一切なかったんだろうか。

「森下先生って、変じゃなかった？」

叔父は首を傾げた。

「変って、どういう意味で？」

「その……子供に近づきすぎたりとか」

「近くて当たり前だよ、教師だもの。それにスキンシップの多い先生の方が、親しみやすかったりするしね。伊吹はそう思わない？」

叔父は伸さんに対して、そういう意味での疑いを一切持っていないのがよくわかった。事実を告げることは、よい思い出にケチをつけることになる。ただ叔父は伸さんに影響を受けて教師になったわけでも、アジアに行ったわけでもない。

「森下先生に思い入れってある？」

「思い入れも何も、伊吹に聞かれるまですっかり忘れていたよ」

伸さんの物語は、色々な人の視点が混ざり合い、よくわからない形になってきた。伸さんは、七十八年生きた。いい意味でも悪い意味でも、小さく、そして大きく人に影響を与えた。

「森下先生、伸さんて呼ばれて浅草でホームレスをやってたんだ」

叔父は「えっ」と眉を顰めた。

「ホームレスって……あんなにきちんとした人がどうして……」

伊吹はスッと息を吸い込んだ。

「子供に悪戯をして捕まって、服役してたこともあるって」

叔父の顔からザッと血の気が引くのがわかった。

「優しい爺さんの振りをして、公園に来てる子供に悪戯をしてたんだ」

右手で口を押さえ、叔父はブルブルと震えている。

「叔父さんは、そういう意味で森下先生を変だと思ったことはない？」

阿部の話を思い出す。伸さんが膝の上で男の子を抱っこし、悪戯したことを。ああいうことは学校ではなかったんだろうか。

何かがフッと脳裏を過《よぎ》る。そういえば小さい頃、伊吹はよく叔父の膝で抱っこしてもらった。抱っこしてもらうのが気持ちよくて、腕の中で寝たこともある。信頼できる大人の膝は、決して嫌な場所ではなかった。

「……そんなのわからないよ。もう覚えてない。どうして伊吹は僕にそんな話をするの?」

叔父の声は小さくてか細い。

「嫌な話をしてごめん。叔父さんが伸さんのことを知ってたから聞いてみただけなんだよ。俺、色んな人に話を聞いて伸さんのことを調べてるんだけど、調べれば調べるほど、伸さんがどういう人かわからなくなってきてるんだ。伸さん、嘘をつくから何が嘘で何が本当なのか、どれが本当の伸さんなんだろうってずっと考えてて……」

次の料理が運ばれてくる。器がセッティングされるとすぐに箸をつけていた叔父が、食べることを忘れたようにテーブルの上で両手を固く組み合わせている。

「伸さん……森下先生って、子供に手を出さなかったら、とてもいい人だった気がするんだ。叔父さんもいい先生だって話してたよね。それなのに人生を棒に振っても堪えられない性欲って、いったい何なんだろうって」

叔父が一言も喋らなくなってしまい、伊吹は戸惑った。思い入れはないと言っていたのに、そんなにショックだったんだろうか。伸さんが罪を犯したと伝えたことで、今までの楽しい記憶を台無しにしてしまったんだろうか。

叔父が「ちょっとごめん」と立ち上がり、席を外した。ぽつんと一人で残される。かつての担任が犯罪者だったという叔父の今の状況を自分に置き換えてみる。小学五年生の時の担任が、子供に手を出す男だったとしたら……まぁ、もとからあの担任は贔屓《ひいき》が凄くて嫌いだったのでダメージは皆無だ。

叔父はなかなか戻ってこない。スマホをチェックしていると、隣の部屋だろうか、子供の甲高い笑い声が響いてきた。子供の頃からこんな高級店に連れてくるなよ、ファミレスにしとけと心の中で文句を言いつつ、叔父に子供がいたらこういう店に連れてきそうだなとふと思う。

叔父も子供が好きな人だ。じゃあ叔父と仲さんはどこが違うんだろう。……いや、二人は似ているかもしれない。同じ本を読んでいるし、独身なのも一緒だ。でも、そんな人間は世の中にたくさんいる。

唐突に思い出した。昔、よく叔父と一緒に風呂に入っていた。そうするといつも叔父のあそこは固くなった。「どうしてこんなになるの？」と聞くと「大人になって風呂に入ると、こうなるんだよ」と教えられた。

伊吹は二十歳を過ぎたが、風呂に入っても勃起したりしない。よくよく考えたら、あれっておかしくないか？　何か変な笑いがでた。叔父にそういう目を向けるとか、仲さんのヒストリーに影響され過ぎだろ。

そういえば、叔父にはよくキスもされた。叔父は飼ってる猫や犬でも抱き締めてキスしていたから、自分だけが特別なわけじゃない。

けど……一度湧いた疑惑は、切って落とすようには消えてくれない。

「席を外してすまなかった」

顔色の冴えない叔父が個室に戻ってくる。

「俺こそ嫌な話をしてごめん」

「こっちこそ……仕事に協力できなくて申し訳ないね」

叔父が腰掛けると、仲居が食事を運んでくる。叔父は日本酒を追加で注文した。

「僕の記憶では、森下先生はとてもいい人だった。けどお前の話を聞いていると許されないことをしたんだな。とても残念だよ」

そう語る叔父の表情は、厳しくも凜々《りり》しく見えた。それと同時にどこか張りつめ、無理をしている危うさを感じた。

「そうだね」

何か胸の中に、ウワッと湧き上がってくる。昔から、呆《あき》れるほど自分に優しかった叔父。抱っこされることの安心感と、愛情に溢れたキス……そこに、伸さんと同じ感情が存在していたわけがない。

やめておけ……もう一人の自分が警鐘をならす。聞かなくたって、違うとわかり切っているだろう。ぬかるみと知って足を踏み出す子供のように、聞くこと自体が失礼だと頭ではわかっているのに止められなかった。

「叔父さんはさ、子供を見ていてエッチしたいと思ったことある？」

叔父の顔から表情が消える。まるで能面だ。どうしてそんな顔をするんだろう。「あるわけないだろ」と軽く流したり、もしくは「お前、変なことを言うな」と怒ったり、どちらでもいいから……今すぐ否定してくれないだろうか。

沈黙は長く、空気は重い。伊吹は「ハハッ」と無理に笑った。足りない気がして、もう一度「ハハッ」と笑う。

「……そんなことあるわけないよな～。ごめんごめん、変なこと聞いてさ」

伊吹の方から、会話を終わらせる。

「何か喋ってばっかで、お腹が空いてきたよ」

品のある料理を、ガツガツと片づけていく。食べながら額に冷や汗が浮かんだ。返事がないってどういうことだ？　まさか叔父もそういう人なんだろうか。自分は小さい頃に何度も抱っこされたりしたけど、嫌だと思ったことは一度もなかった。本当になかった。

「伊吹」

名前を呼ばれ、勢いよく顔を上げた。

「職場の方でトラブルがあって、すぐに戻らないといけなくなった」

スマホの着信音は聞こえなかった。……いったいいつ連絡があったんだろう。

「支払いは済ませておくよ。君はまだ若いんだから、お腹が一杯になってないだろう。最後まで食べておいで」

叔父はスッと立ち上がり、鞄を手に取った。

「久しぶりに会えて楽しかったよ、伊吹。……森下先生のことで、これ以上僕が協力できることはなさそうだから、申し訳ないけど」

「……それは、大丈夫だから」

伸さんがどういう人間か、何を考えていたか、話を聞けば聞くほど糸が絡むようにわからなくなってくる。そして自分がそれを解きほぐせる気がしない。所詮、自分は事実を外から見ているだけの他人なのだ。

「じゃあ、さよなら」

そっけない一言を残し、叔父は帰っていった。一人で高級料亭に残され、伊吹は空《から》になった皿をぼんやりと見つめた。

叔父との愛情溢れる触れ合いの記憶が新たな感触を連れてくる。決して快くないそれを消し去りたいが、もう無理だ。

一緒に暮らし、あんなに可愛がってくれた優しい叔父がどんな人間だったのか、伊吹にはもうわからなくなっていた。

僕のライフ

誰かにあさっていかれたらしく、いつものゴミ捨て場に値のつきそうなものは何一つ残されていなかった。森下伸春はため息をつき、「よっこいしょ」と自転車に跨《また》がった。ゆっくりとペダルを踏み込む。日差しは暖かいが、向かい風は冷たく頬に染みる。下り坂になったのでブレーキを握ると、年季物の自転車はギギギッと耳障りな音をたてた。自転車の前籠には何も入っていない。ゴミ拾いが不発に終わったのは、家を出るのが八時と遅すぎたからだ。金目の物を拾おうと思ったら、六時頃からゴミ捨て場で張っていないと他の輩に拾われてしまう。

今日はもう収穫はないだろうなあと思いつつしんどさを押して出かけたのは、自分がゴミ捨て場にいる間に、誰かがタイミングよくお宝になるゴミを捨てるかもしれないと期待したからだ。以前、目の前でゴミ箱にネックレスが投げ込まれ、捨てた女の姿が見えなくなってから拾い上げ質屋に持ち込み、三万になったことがあった。あのうまみが忘れられずにのこのこやってきたわけだが、毎回そう上手くはいかない。

冷たい空気に喉を刺激され、ゴホンゴホンと咳が出る。先月、二月のはじめに具合が悪くて五日ほど寝込んだ。熱は下がったものの、それからずっと咳が取れないでいる。動かなかったことで筋力も落ちたのか、長く歩くと前よりしんどい。歳を取ると、体力はなかなかもとにもどらない。

ようやく家の近くにある公園まで戻ってくる。炊き出しは夕方からなので、それまでは家で横になっていた方がいい。毎日どこかしらで食料の配給はやっているから、動けている間は飢え死にすることはない。

「伸さん」

自転車を止めた。緑色のジャージ姿のアレンが足早に近づいてくる。見た目は三十前後と若い男だ。低い鼻に浅黒い肌。東南アジア系のようだが、出自を聞いたことはない。アレンが目の前に立つと、肌寒いこの季節にもかかわらずゴミ捨て場の臭いがした。彼は去年からこの公園に住み着いている。

「これ、あげる」

手渡されたのは、皮に傷のある林檎《りんご》だ。

「いいのかい？」

「さっき配ってたよ。もうないけどね」

アレンは自慢げに笑う。厚い唇の下から覗く歯は並びが悪い上に、黄色い。

食事のほかに、不定期で菓子や果物も配られている。アレンの手にしているポリ袋は林檎が四つか五つ入っていそうなボリュームで、ありがたくおこぼれをいただいた。

水飲み場で林檎を洗い、茂みのそばにあるベンチに腰掛ける。ギュルギュルと空腹を訴える腹に急かされて皮の上からかじりついた。甘酸っぱい果汁がじわっと口の中に染みだす。これまで食べたどんな果物よりも美味い。空腹は最高の調味料とはよく言ったものだ。

勢いよく二口目にいくと、歯茎がズクンと疼《うず》いた。入れ歯がグラついて上手くかじりつけない。入れ歯安定剤はしばらく前から使っていない。懐が寂しかったので、買うのを控えていた。無理をすると歯茎を痛める。前に膿《う》むわ腫れるわでえらい目にあった。家に帰ってからすり下ろして食べた方がいい。かじり跡の残った林檎を手に深く息をつくと、手のひらからコロッと転がった。

「あぁ」

足許にトサリと落ちる。拾い上げたが、むき出しになった薄黄色の果肉に土が付いた。水飲み場に戻り、綺麗に洗い流してポリ袋に入れた。

家に帰るつもりで自転車に手をかけた。忘れ物はないかねとそれまで座っていたベンチを振り返る。後ろにある茂みにチラリと肌色が見えた。犬猫かなと思いつつ、どうも気になる。

生い茂る雑草を掻き分け、奥を覗き込む。白髪で顔もしわくちゃの婆さんが土の上で寝そべっていた。小柄な体といい髪形といい母親に似ていてギョッとする。そんなわけがない。母親は十年も前に鬼籍《きせき》に入《い》った。

行き倒れのホームレスだろうか。それにしては縮緬《ちりめん》の上着は汚れていないし、灰色のスカートの裾から覗く足もシミこそ目立つが黒くはない。ただ靴は履いておらず、靴下は汚れている。顔が青白いので死んでいるのかと思ったが、落ちくぼんだ目を覆う瞼がゆっくりと瞬きした。

「こんにちは」

声をかけても、婆さんはこちらを見もしなければ返事もしない。

「お加減でも悪いんじゃないですかね？」

婆さんは蚊の鳴くような声で「いきたい」と呟いた。

「どこへ行きたいんですか？」

「……まってるから、いかないと……」

ぼんやりとした表情で繰り返すばかり。以前、自分の名前もわからないという爺さんが公園にやってきて、気のいいホームレスに世話してもらっていたが、翌日には捜していた家族に引き取られた。認知症の迷子だったと後で聞いた。

「ご家族の方と一緒に行かれてはどうですかね。電話番号を教えてもらえたら、私から連絡しますよ」

「いかないと……」

オウムになって繰り返すだけの婆さんを残して、森下は公園の近くにある交番に自転車で向かった。

「あの、お世話様です」

交番の中に入り、頭を下げる。顔見知りの巡査が「あんたか、どうしたの?」と顎をしゃくった。小太りの中年男でぶっきらぼうだが、面倒見はいい。

「公園の植え込みのとこにお婆ちゃんがいましてね。横になったまま動かないんですよ。声をかけても、『いきたい』しか言わなくてね。心配なんでちょっと様子を見に来てもらえませんかねぇ」

巡査はチッと舌打ちしたが、すぐ公園へ来てくれた。「いきたい」と言う婆さんと巡査を横目にそっと公園を離れる。後は警察が何とかしてくれるだろう。

婆さんに気づいてよかった。昼間は暖かく日差しもあるが、夜は冷える。あの格好で一晩過ごしたら死んでいたかもしれない。森下が住み始めた頃は寒い冬の朝には必ず一人か二人死んでいたが、今は具合が悪そうな年寄りは、NPOの職員が事務所で休ませたり、病院に連れて行くので、路上で亡くなるホームレスは減ってきている。

河川敷の木立に隠れた我が家。高床になった物置小屋のようなマイハウスは大工経験のあるホームレス仲間に作ってもらった。基礎がしっかりしているので、二年前に雨で川が増水して床下まで水がきたときも、流されることはなかった。

外だからと気を張っていたつもりはないが、家の中に入ると同時に体から力が抜ける。手足がやけに重たくなり、何をするのも嫌になる。食べかけの林檎を放り出し、布団の中に潜り込んで目を閉じた。

植え込みにいた婆さんの姿が脳裏を過る。母親はあの婆さんと同じようにいつも髪を後ろで一つに丸め、ビー玉ぐらいの珊瑚《さんご》がついたかんざしをさしていた。祖母にもらったもので、叔母は「私もあれ、欲しかったのよね」と羨ましげに母親のかんざしを見ていた。

戦争で夫と死別した叔母は、一人娘の富士子《ふじこ》を連れて実家に帰ってきていた。森下の母親は長女で、婿養子をもらって実家を継ぎ、自分と三人の兄、男ばかり四人の子供がいた。上の兄二人は高校の寄宿舎に入っていたので長い休みにしか帰ってこず、家にいるのは祖父と両親、三男の秋夫《あきお》と自分、叔母と富士子の七人だった。

叔母が実家に帰ってきた時、富士子は三歳だった。戦後間もない時代で、家は残ったものの余裕はなく、叔母は昼間、隣町の食堂で働いていた。兄の秋夫は子守を嫌がり、富士子の世話を九歳の森下に押しつけた。

秋夫と違って、森下は富士子の世話が嫌ではなかった。おかっぱ頭で丸顔。赤いほっぺが可愛くてキャッキャッとよく笑う。世話をする森下に懐いて、いちばん小さい兄ちゃん、「ちいにい」と呼んでいつも後ろにくっついてきた。富士子は花を摘むのが好きで、二人でよく川べりまで散歩をした。

富士子はなかなか「おしっこ」が言えなくて、よく漏らした。そのたび、森下はパンツを洗い、手ぬぐいで股を拭った。女の子の股は、男とは違い何もぶら下がっておらず、浅い割れ目があるだけでつるんとしていた。

最初はただ拭っていたが、堪《こら》えきれずある日、指先で割れ目に触れてみた。そこは餅に似て柔らかく、指が吸い込まれるようにつぷりとめり込んだ。食い物でもないのに、何ともいえない柔らかい感触が癖になり、富士子が漏らしていないとわかっていても「しっこ出てないか、ちいにいに見せて」と自分で着物を捲《まく》らせ、パンツを下ろさせた。

女の子の陰部に触る。それがやってはいけないこと、厭《いや》らしいことで、大人に知られたら怒られるというのは、何となく肌で感じていた。だから本当におしっこが出ている時でなければ、木陰や茂みといった、人目につかないところでパンツを下ろさせた。

富士子は花摘みと同じぐらいお人形遊びが好きだった。家の庭には土蔵があり、そこにある屋根裏部屋にしのびこんでは、二人でお人形遊びをした。人形の服を着替えさせる富士子を膝に乗せて、パンツの中に手を入れる。足の裏をくすぐるようにして陰部に触れる。富士子は嫌がらなかったし、人形を手にしたままキャラキャラと笑っていた。

富士子は可愛いし、あそこに触るのは面白かった。

「お前、いつも富士子の面倒を見てるだろ」

富士子が四歳の頃だった。中学三年生になった兄の秋夫は、糞尿《ふんにょう》臭い厠《かわや》の裏で周囲を見渡し、人気《ひとけ》がないのを確かめた上で更に声を潜めた。

「あいつな、おかしいんだよ」

いつになく真剣な兄の顔。森下は首を傾げた。

「富士子のどこが？」

「あいつ、俺の前でパンツを下ろすんだ」

指先が氷につけたようにすーっと冷たくなり、心臓が耳と鼻から飛び出すかと思うほどバクバクしはじめる。

「しっこ漏らしてるわけでもないのにさ。女の子がそういうことをしたら駄目って叱ったらえらく泣かれた。お前の前ではやったことないか？」

声が出せない。震えながら頷くのが精一杯だった。兄は親指で顎を押さえて「うーん」と唸った。

「叔母さんにも言いづらくてな。富士子はお前に懐いてるだろ。人前でパンツを下ろしたら駄目だって、お前からもしつけてやってくれよ」

兄と話をした後、富士子を川べりに連れ出した。そこで「これからは人の前でパンツを下ろしたら駄目だ」と言い聞かせた。

子犬に似たくりくりした目が、きょとんと森下を見ている。

「富士子はもう赤ちゃんじゃない。そこを見せてたらカッパに食われるぞ」

小さな顔が真っ青になる。カッパが大嫌いな富士子への脅しは効果絶大で、森下の前でもパンツを下ろさなくなった。あれから兄は何も言ってこない。悪戯が誰にも知られなかったのはよかったが、森下は富士子の割れ目が見たくて、弄りたくて仕方なかった。

女のあそこに興味があるのは自分だけだろうか。兄や友達はどうなんだろう。気になっても、自分だけが特別に厭らしくて、軽蔑されるかもしれないと思うと、相談もできなかった。

富士子が五歳になった春、叔母が再婚して家を出て行った。富士子は森下と離れるのを嫌がり「ちいにいのお嫁さんになる」と大泣きした。

叔母と富士子がいなくなり、家は火が消えたように静かになった。富士子に会いたいと思う反面、自分のした厭らしいことが全てご破算になってホッとした。

中学になり、高校に上がっても、森下は同世代の女の子に興味が持てなかった。恋文をもらっても無視する自分を友人は「硬派」だと言ったが本当は違う。胸や尻が突き出した生々しい女の体よりも、三、四歳から小学校低学年までの小さくて薄っぺらい体の方に目がいってしまう。夜、布団の中で陰茎を握りしめて思い浮かべるのは、富士子のつるつるした陰部や米粒みたいな乳首。偶然見かけた小さな女の子の服を脱がせる妄想にふけることもあった。

友人との猥談《わいだん》になっても、出てくるのは同級生や年上の女の話ばかり。歳が下でも、せいぜい中学生まで。誰も小学生と同衾したいとは言わない。だから言えない。どうして自分はみんなと違うんだろうと考えて、ようやく一つの答えに辿り着いた。自分は富士子を好きなんだと。だから兄よりも富士子といる方が楽しかったんだと。小さな女の子を裸にしてあそこに触りたい、指を入れたいと思うのは、あの時の富士子と同じぐらいの歳だからだ。富士子が小さすぎて気づかなかったが、これは初恋だ。そう信じた。

子供が好きだったし、安定した職に就きたかったので小学校の教師になった。高校・大学時代は学校の近くに下宿し、地元の小学校に赴任したのを機に実家へと戻った。教師一年目はわからないことだらけで、目の回るような忙しさの中で過ぎた。子供達は自分によく懐いて可愛く、そして幼い富士子ぐらいの体つきをした子に目がいくのは相変わらずだった。

森下が就職して三年目の春、高校を卒業した富士子が洋裁学校に行くことになり、学校に近いということで森下の実家から通うことになった。長男は海外へ赴任し、次男は東京で就職。三男は結婚して外に新居を構えたので、家に残っているのは森下だけだった。

叔母の再婚相手が福岡に赴任していたので、出て行ってから富士子には一度も会ったことがなかった。女の子が欲しかったと話していた母親は、富士子が下宿することに大喜びしていた。冗談まじりに「仲春、富士子ちゃんをお嫁さんにもらったらどう」とも言われた。当時、いとこ同士の結婚はそう珍しくもなかった。

母親に言われるまでもなく、富士子に再会すれば自分は結婚するかもしれないと予感していた。ずっと富士子が好きで今も忘れられずにいるなら、一緒になるのが自然なことに思えた。そして帰ってきた富士子に夢中になる自分を想像した。

十三年ぶりに見る富士子に、小さくて可愛らしかった子供の頃の面影は微塵《みじん》も残っていなかった。すらりと背が伸び、細面《ほそおもて》の小作りな顔は叔母に似て整っている。美人だが、それだけだった。

小学生だった自分は、幼い富士子に激しく欲情していたが、今の富士子の下半身を見たいとは思わない。待望の再会に想像していた感動はなく、欲しくもない綺麗な人形を差し出された気分だった。

富士子は家に来た時から、熱のこもった目で森下を見ていた。頼んでもいないのに弁当を作り、掃除や洗濯といった細々《こまごま》した家事を手伝う。夕食の時など「富士子ちゃんみたいな子が仲春のお嫁さんになってくれたらいいのにねぇ」と母親は聞こえよがしに呟き、富士子は恥ずかしそうに俯いていた。

その年の夏、富士子が夏祭りに行きたいと言い出し、一人じゃ物騒だからと母親が森下に付き添うよう命じた。二人きりになりたくなかったが、断ることもできない。藍色の浴衣を着て、髪をあげた富士子のうなじからは、粉っぽい化粧の匂いがした。

「ちいにい、いっちょん喋らんね」

適当に夜店を回り、言葉もなく二人で川べりの道を歩いていた時に、富士子がぽつりと呟いた。

「もっとよう喋る人やと思っとった」

何も話すことがないんだとも言えず「そうか」とやり過ごす。不意に富士子が森下の手を摑んだ。その強い感触に戸惑っている間に草藪《くさやぶ》に連れて行かれる。富士子は上目づかいに見上げてきた。

「ちいにい、あの……」

積極的な女にたじろぎ後ずさると、右足が何かに引っかかった。体が大きく傾き、自分を摑んでいた富士子ごと後ろにひっくり返る。

「ごめんなさい、ちいにい。大丈夫ね？」

乗りかかる富士子の体は重たかった。はしたなく開かれた両足、乱れた浴衣のその奥は暗い。何も見えないが、そこからおぞましい物が飛び出してきそうでゾゾッと怖気《おぞけ》が立った。富士子を突き飛ばして歩道に戻る。早く家に帰ってしまいたいが、女を一人で置いていけない。しばらく待っていると、俯いた富士子が茂みから出てきた。先に歩き出す。富士子も少し離れて後からついてきた。背後からすすり泣きが聞こえてきても、気づかない振りをする。どうして泣いているのかわからない。いや、泣きたいのはこっちの方だ。

森下は夏休みの間にアパートを探し、実家を出た。「いつまでも親の脛《すね》をかじっているわけにはいかないから」と理由をつけたが、本音を言うと富士子から離れたかった。

「あんた、富士子ちゃんと何かあったの？」

母親に聞かれても、何も言えなかった。一年で洋裁学校を卒業した富士子は仕立て屋に針子として入り、次の年にそこの息子と結婚した。

富士子のことを好きだった。それなのに草むらで男を誘惑しようとする破廉恥《はれんち》な女になっていて幻滅した。自分が惹かれたのは、心が純粋だった子供の頃の富士子。自分は富士子自身に美しい初恋を汚され、失ったのだ。

富士子が結婚した後、母親に何度か見合いを勧められたがどれも断った。

教師になって五年目の春、受け持った四年生の中に、さくらという名前の女子児童がいた。母親が早くに亡くなり父親と二人で暮らしている子で、野良猫のように痩せこけ、髪もぼさぼさだった。長い出稼ぎの時には父親が一緒に連れて行くらしく、学校も休みがちで友達もいない。夏も冬も薄汚れた長袖のシャツに長ズボン姿で、校庭の隅にぽつんと座り込んでいた。

一年生の時から気になっていたものの、担任が積極的に関わっていたので遠くから見守るだけだった。四年生で受け持った時に、三年生の時の担任から「よかったら、気にかけてあげてください」と頼まれた。

そんな風に言われたから、さくらを自分のアパートに連れてきて風呂に入れた。近づくとすえた臭いがして、これではいじめられても仕方ないと思えたからだ。薄汚い服は洗濯し、替えがなかったので自分のシャツと半ズボンをかわりに着せ、ご飯を食べさせた。アパートまで送っていったが、父親はまだ帰ってきていなかった。

実家の母親に事情を話し、古い服を子供用に何枚か縫い直してもらった。そしてさくらに「学校の帰りに先生のアパートに寄って、風呂に入ってはどうかな」と提案すると、小さな頭はコクリと頷いた。

父親が教えなかったのか、さくらは髪をきちんと洗えていなかった。仕方がないから、森下が一緒に風呂に入って髪を洗ってやった。さくらの胸は薄っぺらく、陰部は割れ目しかない。洗い残しがあるとばい菌が入るからと、きっとこの子は洗ったこともないだろうと、割れ目に指を入れて陰部も綺麗にしてやった。触れても、さくらは嫌がったりしなかった。そのかわりまるで感じているように小さく息をついた。興奮して森下は勃起したが、それは自分が幼い富士子への初恋に囚《とら》われているせいなので仕方なかった。

十歳のさくらはとても美しかった。小さな顔、柔らかな頰、黒目がちの大きな瞳。そして折れそうに細い手足に、未発達な乳首。陰部まで慎《つつ》ましやかで愛らしい。

担任になった最初の頃は、森下が話しかけるたびに臆病な子猫のようにビクビクしていたが、慣れて警戒心が解けてくると自ら体をすり寄せてくるようになった。自分に心を許している腕の中の小さな体は、全力で守りたいと思わせる儚《はかな》さがあった。

自分がさくらに「教え子」以上の感情を抱いていると気づくのに、そう時間はかからなかった。傍にいる時間が長くなればなるだけ愛《いと》しさが増していく。ずっと一緒にいたくなる。この頃から、さくらの父親は出稼ぎの時に娘を一緒に連れて行かなくなった。小学生が一人で夜を過ごすのは不用心なので、父親が留守の間は自分のアパートに連れてきた。近所の住人にはさくらのことを「歳の離れた妹」と嘘をついた。

さくらが五年生になった春、自分の感情を抑えきれず「愛している」と告げた。「お前が十六になったらお嫁さんになってくれ」と。子供相手だったのに、森下は滑稽なほど体が震えていた。さくらは「はい」と答えてくれた。「お前はまだ子供なので、僕が愛しているとみんなに知られたら引き離される。だから黙っていてくれ」と口止めした。

結婚を申し込んだ夜、さくらを愛した。薄い胸に触れ、割れ目を舐めた。あそこは小さかったので挿《い》れず、細い太腿に挟み込んで擦り上げた。腕の中の小さな温もりは、狂おしいほど愛しかった。これが本物の愛で、本物の幸せなんだと嚙みしめた。

夏、秋……季節が過ぎる毎に、さくらの体はぐんぐん成長していった。背が伸び、平べったかった胸が薄く盛り上がり、丸みをおびていく。そして割れ目だけだったそこに毛が生えてきた。ゴミのようなそれを見るのが嫌で、見つけるたびに抜いた。森下が毛を嫌がると気づいたさくらは、伸びる前に自分で処理するようになった。

六年生になる前の春休み、さくらが台所でしゃがみこんで大泣きしはじめた。どうしたのかと思ったら、股が真っ赤になっていた。生臭い、血の臭い。

それを目にした瞬間、甘い夢から醒めたように目の前が晴れた。結婚を申し込み、大事にしてきた未来の妻が、ただの貧相な女に見えた。

怯えるさくらをなだめ、自分の母親を呼んだ。さくらが落ち着かないので実家に連れ帰ってもらい、自分はアパートに残った。さくらと一緒にいたくない。こんな感情は出会ってから初めてだった。

二日ほどさくらは森下の実家で過ごし、アパートに戻ってきた。生理がはじまったから、生殖の準備が整ったからといってさくら自身は何も変わらないのに、以前と同じように可愛い、愛しいとは思えない。すり寄ってくる体が鬱陶しく、成長した裸体を、陰部を見るのも嫌になった。

さくらが中学に上がると同時に、異動の辞令が出た。遠くの小学校になり通勤が大変なので引っ越すことにした。さくらは嫌がったが、通うのが大変だからと説得した。そして「自分たちの仲が学校に怪しまれている。見つかったら別れさせられるから、しばらく会わないでいよう」と嘘をつき、手紙で連絡を取り合うことにした。

さくらからは毎週、かわいい便せんで手紙が届いた。森下は「忙しい」を言い訳に、返事を出す間隔を少しずつ引き延ばした。できることならこのまま自然に終わりたい。さくらには自分の存在を忘れてもらいたい。心の底から愛していたが、その愛は跡形もなく消えてしまっていた。

森下が返事を出すのをやめても、さくらからの手紙は届いた。最初は読んでいたが、そのうち返事を出さないことへの罪悪感が積み重なって封筒を見るのも嫌になり、封も開けずに段ボールの中へしまうようになった。

転勤して四年目の六月だった。仕事が終わり、小雨の降る中アパートに帰ると、自分の部屋の前に人影が見えた。小柄だったので母親だと思い、夜更けに何の用だろうと訝しみつつ階段を上る。振り返った人影と目が合った瞬間、足が竦んだ。

「先生!」

制服の女子生徒が、長い髪をなびかせながら森下に駆け寄ってくる。女の目には、涙が浮かんでいた。

「やっと十六になったよ。私をお嫁さんにして」

しがみついてきた指が、腕に痛いほど食い込んでくる。古い記憶がまざまざと蘇ってきた。夏祭りの帰り、自分を誘ってきた富士子。縋ってくる、誘うような視線。

森下はさくらを乱暴に引き離し、部屋の中に逃げ込んで鍵をかけた。さくらは「先生、先生」と叫ぶ。

愛していると言った。十六歳になったら結婚してくれと懇願した。あの時は自分の気持ちが変わるなんて思わなかった。いや、違う。変わったのはさくらだ。自分は変わりたくなかったのに、さくらは勝手に大人の女になった。そんな恋人を、自分は受け入れられなかった。

玄関でしゃがみこみ、頭を抱える。血みどろの下着、生臭さが鼻腔《びこう》にぶり返してくる。思い出すだけで吐き気がする。無理……無理だ。あのさくらを受け入れることなんて到底無理だ。

「先生、私のこと嫌いになったの」

ドンドンドンと激しく叩かれるドア。うるさい、うるさい、止めろ。近所に迷惑だ。

「おっ……お前は汚いじゃないか！」

成長した女の体は醜い。心も汚れて、中身も汚れて、純粋さがない。子供は違う。胸が膨らんだり、毛が生えたりして露骨に性を強調しない。情熱を表すように体温は高く、肌は絹に似た滑らかさで、瞳には一点の曇りもない。

ドアの外が急に静かになる。……帰ったんだろうか。確かめるためドアノブに手をかけたところで、聞こえた。

「お父さんに聞いた？」

掠《かす》れ、今にも消え入りそうな細い声だった。

「私の体を……お父さんが色んな人に触らせてお金をもらってたこと。けど聞いて。私が先生を好きだって言ったら、お父さん止めてくれたの。それから先生以外の誰にも触らせてない。信じて。信じて。神様に誓うからぁ……」

話の意味がわからない。触らせる？　金？　さくらの父親は、娘にいったい何をさせていたんだ？

「私には先生だけなの」

さくらの父親には何度か会った。大抵は酔っぱらっていて赤ら顔で、アパートはゴミためのように汚かった。あの薄汚い男は、子供を男に売って金を稼いでいたというのか？

それなら……そういうことなら、自分がさくらを傷物にしたわけじゃない。最初から色んな男の手垢で汚れていたのだ。無垢《むく》だと信じてたのに、何人もの男がさくらを撫で回していたんだと思うと怒りが込み上げてきた。子供の癖に男を知っていた体。清らかな振りをして人のことを騙した。薄汚い、酷い女だ。

「お前は僕を裏切った。もう愛せない」

さくらはドアの外で号泣していたが、そのうち声は聞こえなくなった。ドアの外で自殺しているのではないかと心配になり、台所の小窓から外廊下を覗いてみるも姿はなかった。それからさくらには会っていない。どうしているのか知らないが、別に知らなくてもいい。

……自分の初めての恋は富士子で、二人目はさくらだった。あの頃は愛する人の変化を受け入れられない自分と、継続しない愛情に悩んでいた。子供を愛するのは、間違いかもしれない。けれど子供は成長する。一人の相手と永遠に続く愛なら問題はないだろう。十や二十、歳が離れていても結婚する男女はいる。それと同じだ。自分が彼らと違うのは、出会うのがほんの少し早すぎた、それだけだ。

子供に性的欲望を抱くのが愛情の如何《いかん》ではなく生来の嗜好だと知るまでは、自分自身の感情の変化を理解できずに苦しんだ。

服役していた時、同房だった男は、森下の罪状が子供への淫行だと知ると「ガキ相手によくチンコが勃《た》つもんだ。俺にはわからんね」と言い放った。

「あんた、銀シャリは好きかい？」

問いかけると、男は「好きだねぇ。嫌いな奴なんていねぇんじゃねぇか」とその味を思い出したのか舌なめずりした。

「銀シャリは美味いよねぇ。けどあんたはどうして自分が銀シャリを美味いと思うかなんて、考えたことはないだろ」

男は怪訝《けげん》そうな顔をした。

「僕はね、ずっとそれを考えろって言われてるんだよ。美味いと思うものをどうして美味いと思うのかってね。そこに理由なんてあるのかな? 僕はないと思うんだよ。僕の罪を話すとみんな嫌な顔をするけど、僕なんかマシな方でね。だってほら、人を殺しちゃったら人生おわりでしょ。それに比べるとね、全然マシなんだよ」

男は「そんなの屁理屈《へりくつ》だ」とろくにこちらの話を聞こうとしなかった。そういうお前もケチ臭い窃盗犯だよねぇと思ったが、無用な争いを避けるべく言わなかった。

やたらと昔のことを思い出す。どうしてだろう。茂みにいた婆さんが、母親に似ていたからだろうか。両親も亡くなったし、この世の知り合いよりもあの世に行った知り合いの方が多くなった。体の調子もよくないし、楽しいこともない。目を閉じる。ビュウと風の渦巻く音が……耳が遠くなっているのに、今日はやけに大きく聞こえていた。

ゆっくりと体を起こす。時計は午後三時を回っている。寝たら楽になると思ったのに、余計にしんどくなった。まるでポンコツの車だ。一度エンジンが止まったら、再び動き出すのに難儀する。

飲み水も空になっている。水を汲みに外へ出ていかないといけないなら、もう少し踏ん張って炊き出しももらってこよう。そう、水筒を忘れないようにしないと……。立ちあがったが、空気の重さが二倍になったように体が重い。それでもまぁ、ゆっくりなら歩けないこともない。喉にむず痒《がゆ》さを覚えて、壁にかけてある上着を摑んだままゴホゴホと咳《せ》き込んだ。

外は相変わらず風が吹き、太陽は随分と西に傾いている。草むらにできる影が、摘《つま》んで引き伸ばしたみたいにひょろりと長い。炊き出しはすぐそこの公園だから、自転車に乗って行くほどでもない。

五十メートルも歩いていないのに、両足が更に重くなってきた。今日は本当にしんどい。ようやく公園の水飲み場に辿り着き、喉を潤す。忘れないうちに水を汲んでおこうとして、水筒を忘れてきたと気づいた。

家を出る前まで覚えていたのに、頭の中に穴があいてるんじゃないかと思うほどすぐに忘れる。うんざりするが、腹を立てても仕方がない。最近はそう気持ちを切り換えるようにしている。怒っても自分が虚しくなるだけだ。ペットボトルでも拾って、水を入れていけばいい。そうそう、空でも一度は中の臭いを嗅いでおかないといけない。以前、知り合いがジュースが残っているペットボトルを拾い、飲んでみたら尿だったという笑えない話があった。夜、公園のトイレに行くのが面倒な輩や年寄りが、ペットボトルに用を足すのはまあまあることだ。

炊き出しがある公園の西入り口の脇には、灰色の人だかりができている。配りはじめるまで、あと三十分ぐらいある。列に並んだらそのまま座っていよう。「具合が悪い」とことわっておけば「立って並べ」「前に詰めろ」と文句を言われることもないだろう。

強い風が吹きつけてきて枯れ葉を舞い上げる。無慈悲な風は年寄りのなけなしの体温を奪っていく。風が止めば寒いのもマシになるのにと思っていると、不意に胸の奥が握り潰されるみたいにギリッと痛くなった。あまりの痛みに座っていることもできず、その場にぐずぐずと倒れ込む。胸を押さえ、痛みが過ぎるのを待つ。四日ほど前にも同じようなことがあったが、じっとしていたらすぐにおさまった。

痛い、痛い……胸がギリギリする。このまま心臓が止まるのではないか、死んでしまうのではと恐ろしくなったが、しばらくすると痛みは波が引くようにサーッと遠ざかっていった。

「おい、大丈夫か？」

誰かが声をかけてくる。地べたに近い場所から、知り合いのホームレスが自分の顔を覗き込んでいた。

「ちょっとしんどくてね」

気がつけば、自分の周囲に人が集まっていた。アレンもやってきて「医者、よんでこようか」と聞いてくる。アレンの言う医者は、ホームレスの健康管理をしているボランティア団体の職員のことだろう。

「いや、いい。大したことないだろ」

痛みもおさまったので大げさなことはしたくない。けれど今動くのはしんどい。

「少し休んでいたいから、誰か僕の分も炊き出しをもらってきてくれないかね」

アレンが「俺、取ってくる」と申し出てくれた。森下は知り合いの手を借り、道の脇にある木の下に連れて行ってもらい横になった。誰かが体の上からビニールシートをかけてくれる。寒かったのでありがたかった。

アレンは午前中に林檎をくれたが、前も自分が知らないうちに配布されていた缶詰を分けてくれたことがある。とても親切な若者だ。

彼がこの公園に流れ着いてきた最初の頃、森下の家のそばの川べりで、一日中座っていたことがあった。何もせず、じっと川を見ているだけ。入水《じゅすい》自殺をするのではないかと気になり、川を見ているアレンを一日中、家の中から見守っていた。そして夕方「これ、食べないかい」とミカンを差し出した。アレンはミカンをひったくると、皮をむくのもそこそこで口の中に押し込み、果汁でベタベタになった口許を拭いながら、決まり悪そうに「ありがとう」と礼を言った。

また胸が痛くなってきた。こんなに短い間隔で痛みがぶり返してきたことはない。もしかしてここで死ぬんだろうか。怖い、怖い……と思っている間に、きつく縛った縄が解かれたように、痛みがフッと和らいだ。

遠く、炊き出しの列にアレンが立っている。背が高いのですぐに見つけられる。ホームレスの大半は四十代から七十代前半なので、そういう意味でも若いホームレスのアレンは目立つ。あの日、川岸のアレンに声をかけたのは、家の前での入水自殺を心配したのと、彼の東南アジアを彷彿《ほうふつ》させる濃い肌の色が懐かしかったからだ。

マレーシア、フィリピン、タイ……夏休みなどの長い休みを利用して、数えきれないほどアジアを旅した。森下が最初に海外に行ったのは三十半ばを過ぎてからで、場所はラオスとタイだった。昔からアジアの遺跡に興味があり、本当はカンボジアのアンコールワットを見に行きたかったが、情勢が不安定だったので友人のいるラオスにし、国境を越えてタイに入った。

海外旅行がブームになる少し前で、外国へ遊びに行く人はまだ珍しかった。両親は「海外旅行に行く」と話すと驚いていた。新婚旅行や仕事でもないのに外国へ行くという感覚が理解できないようだったが、止められはしなかった。そのかわり母親には「一人をいいことに遊んでないで、お嫁さんをもらって落ち着けばいいのに」とチクリと言われた。

海外旅行が贅沢なのはわかっていた。それでも外国に出て、日本と異なる文化や風土を体感すれば自分が変われそうな予感がした。教師の仕事が行き詰まったわけではないし、職場の人間関係もよかったが、幼い子供に対する自分の感情をずっと整理しきれないでいた。その前の年、休みの日に同僚の住んでいる教員住宅へ遊びに行った時、ベッドの下に隠されたポルノ雑誌を見つけてしまった。こういう雑誌は気持ち悪いので極力見ないようにしてきたが、表紙に幼い子供がチラリと見えて気になった。同僚は電話がかかってきたと呼び出しがあり、部屋を出ている。駄目だと思いつつ、好奇心に抗《あらが》えず雑誌を手許に引き寄せた。まだ新しい本だ。震えながらページを捲る。そこには小学校低学年ぐらいの白人の子供が、一糸まとわぬ姿で椅子に座り、ポーズをとっていた。美しい子供の淫《みだ》らな姿に、目が釘付けになる。子供のヌードは八ページの特集で「破廉恥な蕾」と見出しがついていた。

同僚が戻ってくる足音に、慌てて雑誌をベッドの下に戻した。そして「用を思い出した」と下手な言い訳をして宿舎を出ると、車で一時間かけて遠方の本屋へ行き、同僚が持っていた雑誌と同じものを買った。特集のページだけ切り取り、毎晩穴があくほど見つめた。自分が子供にだけ性的に興奮するのかもしれないと自覚しても、失望しなかった。薄々そうではないかと疑っていたし、今更だった。

富士子やさくらのように本当に愛していると思っても、成長したら愛が薄れる。子供は成長し、時間は止まってくれない。どうして自分は子供だけなんだろう。子供に欲情する自分は精神的におかしいんだろうか。富士子とさくらへの愛、それは本物の愛だったんだろうか。それともただの性欲だったんだろうか。考えても考えても、答えなど出ない。誰も教えてくれない。子供にしか性欲を抱けないこと以外は至って普通の平凡な男。子供への性欲だけが自分の中で異分子だった。

初めての海外旅行は、不安よりも期待の方が大きかった。英語は片言、タイ語の辞書を相棒にしての一人旅。今から考えるとよくそんな無茶ができたものだと思うが、言葉は「伝えようとする意志」さえあれば何とかなった。

タイの遺跡を巡り、帰国する前日の夜、森下は宿の近くにある屋台がひしめき合う賑《にぎ》やかな広場で、豚足の煮込みがご飯にのったカオカームーを食べていた。郷土料理なのか、それは屋台に行けば必ずあり、値段も安くて美味かった。

空港に近いからなのか、観光客らしきラフな服装の白人や、中国人か日本人かわからないアジア系の客をよく見かける。斜め向かいにあるテーブル席にも、アジア系の二人組がいた。歳は自分と同じぐらいだろうか。

「ホテルに呼べるんだよ。料金は後払いで、気に入ったらチップをあげるんだ。殆どこっちの子だけど、白人もちらほらいるかな」

海外に出て開放的になっているようで声も大きい。聞くつもりはないのに、久しぶりの日本語ということで余計に耳に入ってくる。チラリと声のする方向を盗み見た。一人は眼鏡でもう一人は丸顔。二人ともスーツなので、サラリーマンかもしれない。

「とにかく安いんだよ。若い子が揃《そろ》ってるし、選べるし。日本の風俗とは違うね」

眼鏡の男が手振りを交えて喋っている。

「美人も多いし、どの子にするか悩んでたら手配師に『若い男の子、子供もご用意できますよ』って言われてさぁ」

丸顔の男はハハッと笑った。

「そういう変態的な趣味の人って多いんですかね」

「子供は人気だってさ。大人の女よりも値段が高いんで驚いたよ。俺は細身のボインじゃないと嫌だけどね」

「小学生は無理だけど、僕は中学生ならいけますよ。まるきり子供は遠慮しますけど、中には大人びた子もいますし」

二人は途中で森下に気づき、視線が合うと同意を求めるように、にやけた表情で会釈してきた。

タイは売春婦が多い。田舎を回っている時は気配もなかったのに、都市部に着いた途端、森下が日本人だとわかると、片言の日本語で「オンナ、イルヨ」と声をかけてくる現地人のポン引きが増えた。

この国では子供が買えるのか……指先がビリッと変に痺れた。駄目だ、駄目だと胸の奥で制止する声が聞こえる。自分がいくら子供に性的欲望をおぼえても、金で買ってはいけない。常識が許さないし、人間として終わってしまう。それに自分は子供を教育する立場にある人間だ。恋愛関係になるならまだしも、金で買うなんてことは……。

ポンと肩を叩かれる。シャツに半ズボン、背が低く小太りの男がニッと笑いかけてきた。日本人のような顔立ちだ。

「綺麗な姉ちゃん、紹介しよか？」

色んなポン引きにあったが、ここまで淀みない流暢《りゅうちょう》な日本語は初めてだ。黙っていると、男は「日本人じゃねぇのかよ」とチッと舌打ちし踵を返した。

「……小さい子、いる？」

自分で自分が発した言葉に驚いた。男は振り返りフッと鼻先で笑うと「あぁ、そっち」と目を細めた。

「いるよ。どのぐらいの子がいいの？」

息が浅くなり、妙に胸が苦しくなる。

「十歳より下」

本音を語る舌が緊張して攣《つ》りそうだ。男は「ついてきな」と顎をしゃくった。先をいく男の後を、前のめりによろけながらついていく。自分は……何をしているんだろう。子供を紹介されたら、本当にその子とセックスするんだろうか。そんなの駄目に決まっている。いくら外国だからって、教師としての倫理が許さない。けど……けど……富士子の陰部に触れたあの柔らかい感触を思い出す。あぁ見たい。触りたい。

「男、女、どっちがいいの？」

当たり前に女だと思っていたが、男は確認してきた。

「男の子って客もいるんですか？」

「男の子がいい、女の子がいい、アジア系がいい、白人がいいってまぁ人それぞれだね。逆に子供だったら何でもいいってのもいるし。で、あんたはどうするの？」

「女の子で」と頼む声は小さくなった。男は道幅の狭いごみごみした通りへと入って行く。子供を抱けるなんて嘘で、人通りの少ない場所でおいはぎされるのではと不安が胸を過ったのも束《つか》の間、三階建ての建物の中に案内された。一階にはアジア系の顔をした年寄りがいて、男と何か話をしている。それが終わると、窓が一つとベッドしかない五畳ほどの薄暗い部屋に通された。男は終わったら天井からつり下がっている紐を引っ張るようにと説明した。鈴が鳴り、終了を係の者に知らせる仕組みになっているらしい。

時間は二時間。延長したければ係の男に相談してみろと言われた。

部屋に一人残される。どうにも落ち着かず、室内をウロウロと歩き回った。窓から見える外の景色は、外灯の明かりがやけにギラギラして品がない。十分ほど待たされ、やっぱり自分は騙されたんじゃないかと悲観的になっていると、いきなり部屋の仕切りのカーテンがジャッと開いた。十歳ぐらいの背の低い女の子が部屋の中に入ってくる。Tシャツにチェックのスカート、足許はビーチサンダル。長い髪はお下げにしている。女の子は俯いたまま、森下と目を合わせようとはしなかった。

引き返すなら今だ。まだキャンセルできるし、そうすれば人としての道を踏み外さなくてもすむ。自分は金で子供を買うなんて卑劣な行為に手を染める人間にならなくていい。……けどここは外国で、自分を知る人は誰もいなくて……。

目の前の現実に葛藤していると、女の子が近づいてきた。人が必死で自制しているのに、まるで押し倒してほしいと言わんばかりにベッドに腰掛ける。細い両足を誘うようにブラブラと揺らす。ベッドに近づくと、女の子は森下を見上げて変なイントネーションで「おちんぽ」と呟いた。

全身の血が沸騰するほど興奮した。子供の癖になんて破廉恥なことを言うんだろう。そんな小さな体で、セックスが好きなんだろうか。とんでもない子だ。けしからんと怒りつつ、森下は激しく昂ぶっていた。震える手で子供のTシャツに手をかける。大きく捲り上げると、薄っぺらい胸に米粒のような乳首が見えた。一度見てしまうとそこから目を離せなくなる。気づけば森下は小さな胸に獣のようにむしゃぶりついていた。さくらが多くの男に触られ汚いと思ったのは、結局は大人になって興味を失ったことへの言い訳だった。その証拠に森下は幼い売春婦に夢中になった。

夜の九時過ぎから、延長に継ぐ延長で明け方まで淫蕩《いんとう》の限りを尽くした。ずっと一緒にいたかったが、帰りの飛行機の時間が迫っていて仕方なく宿に戻った。初めての海外は新鮮で、見たことのない風景、異国情緒溢れる遺跡の散策と充実していたのに、それらの記憶を吹き飛ばすほど最後の夜の経験は強烈だった。

自分は最悪な男だと罵りつつ、淫らな記憶を反芻《はんすう》するのをやめられない。しかもあの子は小さな口で、懸命に森下の陰茎をしゃぶってくれた。そんなことをされたのは初めてで、健気さに感動した。だがこれは一生に一度の経験。もう二度と子供を金で買ったりしない。絶対にそんなことはしない。だから……この甘美な記憶を大切にすることだけは許してほしかった。

自覚ある唯一の過ちのはずだったが、一度吸った蜜の味は忘れられなかった。何度も何度もあの子とまぐわっている夢を見る。あの国に行けば、金さえ払えば、誰にも咎《とが》められることなく自分の欲望は最高の形で満たされる。本当の自分になれる。そう思うと、また行きたいという衝動を堪えられなくなった。

森下は普段の生活を切りつめて金を貯めた。そして夏休み、冬休み、春休みのたびにアジアへと旅立ち子供を買った。セックスの官能は薬物中毒のようで、一歩踏み込んだ先はぬかるみ。駄目だ、駄目だと思いつつ、壊れた倫理観と共にズブズブと沈んでいく。一度、手配を間違われて男の子が来たことがあった。女の子に替えてもらうこともできたが、男の子はおとなしそうで好みのタイプだった。一度試してみるかと服を脱がせる。「男性」ではない子供の陰茎は細く、皮を被り、自らをわきまえるように慎ましやかだった。それを弄ってやると子供ながらに固くなった。それでも生々しさはなく、可愛らしさを失うこともない。森下は男の子を弄りながら勃起していた。

男の子はウブな反応を見せるくせに、後ろは男を咥え込むことを知っているという淫乱で更に興奮した。自分が男の子でもいけると知ってからは、性別を問わずにおとなしく清楚《せいそ》な子を選んで買った。

森下は日本から大量のお菓子を持ち込んだ。向こうの子供達は、日本のお菓子をあげるととても喜んだ。お菓子を食べる子供の顔は幸せそうで、見ている森下も嬉しくなった。

体を売る子供らはお金がなく、貧しい。そして自分が買わなくても、あの子達は別の男に買われていく。どうせ誰かに買われてしまうのなら、その誰かは自分でもいいんじゃないかと思ったところで何かが吹っ切れた。

馴染みになったポン引きにも「犬や猫の子の感覚なのか、無茶する客もいてねぇ。ここだけの話、死んだ子も何人かいます。兄さんは無茶なことはしないし、優しくて、本当に助かります」と言われた。

気に入った子がいたら、滞在期間中買い上げて恋人のように過ごすこともあった。その子が自分に気持ちを許し、甘えてくるようになると更に気分も盛り上がった。

ラオスにいる友人は、頻繁にアジアへやってくる森下を、純粋に「海外に嵌《はま》った」と勘違いした。途上国で学校を作る活動をしていたその友人は、森下にちょっとした仕事をボランティアでお願いしてくるようになった。

昼間は途上国を助ける手伝いをしながら、夜は子供を買う。矛盾して見えるが自分の中でこの生活は自然だった。そのうち森下は海外でのボランティアの経験を、自分の教え子達に話しはじめた。子供達にも外国の現状を知ってほしいと願った。

頻繁にアジアへ行く生活を送るようになって三年目、梅雨時にある事件がおきた。東北の地方都市で、小学二年生の男の子が下校途中に誘拐され、三日後にバラバラの状態で発見されたのだ。遺体には悪戯をされた痕跡があった。

犯人は捕まっておらず、マスコミは連日、子供を狙った卑劣な犯行を報道した。事件がおこったのは遠く離れた街だったにもかかわらず、森下の勤める小学校でも親が子供に付き添って登下校をする姿が多く見られるようになった。

そんな親達から、低学年の児童を先生が付き添った上で集団で登下校させてほしいという要望が出た。教師の数は限られていて、登下校に付き添うなど無理。とはいえ恐ろしい事件がおこった後なので「無理です」の一言では片づけられず、緊急保護者会が開かれることになった。

森下は三年生の受け持ちだったので、話し合いに参加しなくてはいけなかった。会議は午後七時から、学校の視聴覚室で行われた。教師の出席は森下を含めて十三人、集まった保護者はＰＴＡの役員も含めて六十人前後と多く、大半が母親だった。

教師の人数が少なくて登下校に付き添えないことを丁寧に説明すると、集まった保護者の殆どは「そりゃ先生もお忙しいですよねえ」と納得してくれた。

子供が心配な保護者はそれぞれ個人で対処すると決まりかけた時、ＰＴＡの副会長の清水《しみず》が挙手し、立ちあがった。以前から何かにつけて文句を言ってくる口うるさい保護者で、何を言うのだろうと嫌な予感がした。

「やっぱり納得できません」

清水の目には怒りがみなぎっていた。

「小学校は義務教育です。私達が子供を学校に通わせることは国で定められているんです。それなのに命の危険にさらされながら学校に行かないといけないなんておかしい。国民の税金からお給料をもらっている公務員の先生方が、子供が自宅に帰るまで面倒を見るというのが筋じゃないでしょうか」

「けど、清水さん。先生方もお忙しくて……」

後ろに座っていた女性の保護者が声をかける。清水は勢いよく振り返り「あなたね、自分の子供が死んでもいいんですか!?」と怒鳴った。

「あの恐ろしい事件の犯人は捕まっていないんです！　しかも殺された子は、男の子なのに悪戯されてたんですよ。変態の変質者なんです」

胸を掠めていく感情がある。森下も子供を殺した犯人には心から怒りを覚えるが、殺人と子供への悪戯は分けて話をしてほしい。自分が清廉潔白だと言うつもりは毛頭ないし、普通の人には理解できないこともあるだろうが、双方が合意し、金を払って成立している行為や関係も世の中にはあるのだ。

清水は「先生の送り迎えを」と繰り返し要望するも、賛同者は殆どいない。保護者側もしつこい清水にうんざりした空気になる。要望されても教師を送り迎えには出せないと教頭が理路整然としながらも優しく繰り返して「そちらの言い分もわかりますが」と言わせるまで清水を引かせ、すかさず「児童の送り迎えは家族の自己責任で」と取り決め、保護者会を終了した。

人が完全にはけてから、森下は視聴覚室に並べた折り畳み椅子を一人で片づけた。教室に備え付けてある分だけでは足りず、廊下の突きあたりにある倉庫から出してきている。畳んだものを五脚ずつまとめて壁にたてかけていると、廊下からパッタンパッタンと足音が聞こえてきた。新庄《しんじょう》かなと思っていたら案の定、開いたままの入り口から顔を見せたのは、四歳上の先輩教師だった。

「やぁ、先生。片づけをまかせちゃって悪いね」

こういう集まりがあった場合、片づけは若い教師がするとの暗黙の了解がある。森下は四十近いが、今日の集まりでは一番年下だった。新庄は机の上に残っていたペンケースを摑み、紺色のジャージのポケットにつっこんだ。持ち主を捜さないといけないと思っていたが、本人が取りに来たからその手間も省けた。

「片づけ、手伝うわ」

「大丈夫ですよ」

「いいって、いいって」

新庄は片手に五脚ずつ軽々と持ち、倉庫に運んでくれる。明るくて愚鈍、苦手なタイプだが親切ではあった。

倉庫に鍵をかけて視聴覚室に戻ると、新庄が机に腰掛けていた。児童なら注意をするところだが、余計な波風は立てたくないので見なかったことにする。

「今日の保護者会って、やる意味がなかったよなぁ」

新庄がため息をつきながらぼやく。

「仕方ありませんよ。万が一ってこともあるし、あんな事件がおこった後ですから」

「親が気にしすぎなんだよ。ああいう殺人鬼がこっちまで来るわけないのにさ」

事件のおこった地域からこの小学校までは、電車で三時間ほどの距離がある。

「テレビの報道に影響されて、不安になった親が学校に文句を言ってくるなんて、時代も変わったって教頭がボヤいてたよ」

新庄はやれやれといった表情で腕組みする。

「本当、勘弁してほしいよ」

返事をしないわけにはいかないので「そうですね」と相槌を打つ。

「ああいう犯人はさ、早く捕まって死刑になればいいんだよ」

森下の母親も、残虐な殺人事件のニュースを目にするたびに「この犯人は死刑にしないと」と口にする。「刑務所に行っても数年で出てこられたら、死んだ人がかわいそうじゃないの」とも。

「殺すことはなかったですよね。悪戯したかったなら、目的を達した時点で逃がせばよかったと思います」

偽らざる森下の本音だった。

「顔を見られたんじゃないの。赤の他人なら足はつきづらいだろうけど、身内や近所の人間だったらすぐ捕まるだろうし。テレビでも、家の周辺を刑事が聞き込みしてるってやってたしなあ」

身内、の言葉に忘れかけていた過去が蘇る。幼い富士子、かわいい富士子。富士子は自分が富士子にしたことの意味を理解しているだろうか。昔は分からなかっただろうが、今はどうなんだろう。胸がドクドクと激しく鼓動する。大丈夫だ、落ち着け。富士子はもう結婚している。子供ではない。小さい頃にいとこに悪戯されたなんて恥ずかしいことを、大っぴらに話したりはしないだろう。

「子供に手を出す奴は、まとめて牢屋《ろうや》に閉じ込めちまえとか俺は思うけどね」

鼻の下をカリカリと掻いていた新庄は伸びすぎた鼻毛に気づき、ブチリと引き抜いた。タンポポの綿毛のようにフッと吹き飛ばす。

「ああいう変態って、自分たちが知らないだけで世の中にはけっこういるのかねえ」

まるで自分のことを言われているようで肩身が狭い。アジアには子供を買う輩が世界中から集まってくる。色んな人種の男たちが、嬉々《きき》として子供を買っていく。そういう性的嗜好が肯定され、商売が成り立っている場所の存在が自分の中で当たり前になり、少数派だということを忘れそうになっていた。

「性的嗜好というのはどうしようもないんでしょうね。昔から日本には稚児《ちご》の文化があったぐらいですから」

擁護はできないが、否定もしたくない。

「文化と犯罪は違うでしょ。世間様の迷惑になる奴は、一生牢屋から出てこなくていいんだよ」

新庄が出てゆき、一人になった視聴覚室で森下は考えた。自分は刑務所に行かないといけない人間なんだろうか。確かに子供を買っているが、子供が働いている分の金はちゃんと支払っている。子供もただで体を提供しているわけじゃない。取引は成立している。それに自分は子供に苦痛は与えていない。無理はさせていないし、子供だってちゃんと感じている。自分の手の中で甘く喘《あえ》ぎ、感じて身悶える。金を支払って気持ちのいい思いをさせて、お菓子をあげて喜ばせて、他には何も悪いことをしていない。傷つけていない、殺していないのに『一生牢屋から出てこなくていい』犯罪者なんだろうか。

森下は知っている。新庄がたまに学校の備品を自宅に持ち帰っていることを。トイレットペーパーを鞄に入れ「ちょうど切らしちゃっててさ。一個だけな」と愛想笑いして見逃せと暗に言う。あれは窃盗だ。学校の備品なのだから万引きと一緒。けれど「それぐらい」と自分は許した。

自分はどこからも、何からも搾取していない。それ相応の対価は払っている。奪っていくだけの新庄の方が罪は重いんじゃないのか？

テレビを賑わせる殺人犯も外国に行けば……外国で子供を買っていれば、多少の金はかかったとしても、欲望を満たせて、人も殺さずにいられたんじゃないだろうか。殺人犯は何も知らなかったのかもしれない。そう考えると不幸な男だ。

……外国で子供を買うようになってから、心が解放された。それまでは受け持ち児童の中に気に入った子がいても、自分ができるのは性的な関係を妄想することだけ。夢でふける自慰行為は絶望と罪悪感が増すだけだったが、今は割り切れる。自分の欲望はアジアの子供達が昇華してくれる。

……鼻先を、ご飯と出汁《だし》のいい香りが過った。

「もらってきたよ」

目を開ける。しゃがみ込んだアレンが、プラスティックトレーを差し出してきた。

「食べられる？」

横になったことで、だいぶ具合がよくなった。夕暮れも終わりかけ、辺りは薄暗いが、自分が寝ていたのは外灯の下だったのでスポットライトに照らされたように明るい。朝からろくに食べておらず、空腹感は強い。寝たままでは食べづらいので上半身をおこした。頭が少しだけクラッとするも、その感覚はすぐに消えた。

「すまないね、ありがとう」

アレンからトレーと箸を受け取る。雑炊だ。一口含むと、ご飯の温かさが体中に染みた。とても美味しくて、森下は次々に口に運んだ。食欲が戻ってきている。

「おかわり、欲しい？」

アレンが聞いてくる。そういえば自分が最初に抱いた男の子は、アレンに似た顔をしていたかもしれない。

「いや、もう十分だよ。ありが……」

喋りながら、胸がギュッと引き絞られるみたいに痛くなった。胃の底が引っ繰り返りそうな不快感が込み上げてきて、堪えきれなかった。

「ゲエッ、ゲエッ」

口から雑炊が噴き出す。息ができなくなり、口を開けて「ンガッ、ンガッ」と喘いだ。苦しい、苦しい。喉元を押さえ、自分の吐物の上でのたうち回る。そうしているうちに、不意に喉のつっかえがとれてスーッと息が通った。もっと、もっと空気を取り込もうとして大きく口を開けたところで、目の前が真っ暗になった。アレンの声が聞こえる。どんどん遠くなっていく……森下は気を失っていた。


「血圧も高いねぇ」

公園のすぐ隣にある古い雑居ビルの二階。錆《さび》が浮いたパイプベッドの上で、森下は虫がたくさん貼りついているように見える天井の石膏《せっこう》ボードをぼんやり眺めていた。

シューッと音がして、右腕の圧迫が和らぐ。小柄で、頭を潔く丸めた白石《しらいし》という中年の医者は、丁寧に血圧計を外した。頭痛、腹痛、腰痛と何でも診てくれるが、専門は下《しも》の病気、泌尿器科だと前に誰かが教えてくれた。

目を醒ますと、森下はボランティアがやっている医療相談所で横になっていた。口の中は吐いた胃液の名残か、やたらと酸っぱかった。

「食べてる途中に吐いたって聞いたから食中毒かなと思ったけど、他にそういう症状の人もいないしね。やっぱり血圧のせいかな」

人に聞かせるには小さく、独り言にしては大きな声だ。

「今、吐き気があったり頭が痛かったりはない？」

白石がこちらに顔を近づけて喋る。吐く息から、微かにハッカの匂いがした。

「ありません」

「おしっこはちゃんと出てる？」

昨日からあまり出てないが飲み食いもしていないし、下手なことを言うと下の方まで診察されそうで「出てますよ」と嘘をつく。白石は灰色のスチールデスクに片肘をついた。

「ちゃんとした病院で診てもらって、血圧を下げる薬を定期的に飲んだ方がいいかもしれないなぁ。保険証は持ってる？」

「ないですね」

白石は「だよねぇ」ともとから期待していなさそうな相槌を打つ。

「ここは簡易の診療所だから、詳しい検査はできないんだよ。もう少し大きな病院に行こうか。ケースワーカーにちょっと話をして、今から……」

森下は壁の時計を見た。午後九時を回っている。

「もう夜ですよ」

「そうだけど、早いほうがいい気がするんだよ。血圧も気になるし、ひょっとしたら頭や心臓の方が影響してるかもしれないし」

大げさな医者だ。確かに胸は痛くて息苦しかったが、もうおさまっている。今でも痛いなら病院を考えないでもないが……。

「実はですね、風邪が長引いてここのとこずっとしんどかったんですよ。けど随分とよくなってきてるので、もう少し休めば大丈夫だと思います」

「風邪は万病の元だよ。歳も考えて、体を大事にしていこうよ」

自分の腕をポンポンと軽く押さえる白石の指は、皮膚に張りがあった。自分の手を蛍光灯にかざす。痩せて筋張り、おまけに黒ずんでいる。自分が年寄りだと知っている。毎日鬚を整えて、皺だらけのうんざりする顔を見ているのに、頭に浮かぶのはなぜか若い頃の顔ばかりだ。

「夜も遅いし、今晩は様子を見ちゃ駄目かね。またこれから診察だ何だうるさいことになるのはしんどいよ」

白石はダダをこねる子供を見るような視線を森下に向けた。

「けどねえ」

「じゃあ明日はどうだい。明日は病院に行くよ。今晩はどうしても家に帰りたくてね」

しつこく交渉する。一晩ゆっくり寝ればきっとよくなるだろうし、今のこの汚い姿で病院に行きたくない。ゲロの臭いがするし、服ももうちょっといいのを持っているから着替えたい。

「じゃここに泊まっていくかい？　職員もいるし外よりはあったかいよ」

言い方からして、どうやら寝床の心配をしているらしい。

「先生、僕はホームレスだけど、川沿いに家があるんですよ。小さいけどちゃんと木造でね。電気こそ通ってないけど、なかなか快適な住まいなんです」

明日の午前中に病院を受診するということで、森下は河川敷の家に戻ることになった。医療相談所から家までは近いが、歩くのはしんどいなと思っていると、もう帰るという白石が車で家の傍まで送ってくれることになった。

「お手数かけて、申し訳ないですねえ」

森下が謝ると、白石は「帰るついでだからね」と小さく笑った。

「本当は病院に行ったほうがいいと思うんだけど」

炊き出しといいボランティアのこの医者といい、世の中には驚くほど親切な人がいる。

「偉いねぇ」

「何がです？」

白石はハンドルを握り、前を向いたまま問い返す。

「いつも無償で診療をしてくれてるんでしょう。みんなができることじゃない。あなたはとても立派だよ」

「そんなたいそうなもんじゃないって」

白石は右にハンドルを切った。

「休みの日だけだしね。それにこの時代、人が道の上で死ぬのは理不尽でしょ」

「いやいや、あなたはいい人だよ」

白石は黙っていたが「うちの両親はね」と不意に口を開いた。

「子供が小さい頃に離婚して、俺は母親に引き取られたんだよ。で、医者になって七年目の時に、母親から連絡がきた。父親が俺んちの近くにある陸橋の下で死んだって。どうしてそんなトコでって思ったらホームレスになってたんだよ」

白石はため息をついた。

「父親のことなんて覚えてもなかったけど、まぁ最期ぐらい畳の上で看取《みと》りたかったね」

「罪ほろぼしってことかい？」

「赤ん坊を足蹴にするようなろくでなしだったそうだから、自業自得だって母親は言ってたな。……女の人ってのは、捨てた物には容赦ないね」

苦笑いしたあと、白石は話題を変えるように「あんたはホームレスらしくないね」と振り向いた。

「そうかい？」

「看護助手の植木《うえき》さんも『森下さんはしっかりしてるのに、どうしてホームレスをしてるのかしら』って言ってたよ」

「いやいや……ただのろくでなしの爺さんですよ」

「失業、病気ってホームレスになる理由は人それぞれだから、森下さんにも何か事情はあるんだろうけどね」

「若い頃に放蕩《ほうとう》していたせいで蓄えがなくて、仕事を辞めたらこの有り様で」

「生活保護は受けてないの？」

「あぁ、先生。ここでいいですよ」

堤防の傍に車を止めさせる。一人で歩けると言ったのに、白石は家の前まで肩を貸してくれた。立つとフラつくので、正直ありがたかった。

「明日、午前中にケースワーカーの谷原《たにはら》さんが来るから、家にいてね」

そう言い残し、白石は帰っていった。森下は玄関にある五段の階段に足をかけた。歳を取るとこの短い階段ですら辛い。三段目に足をかけたところで、左膝に力が入らずガクリと体が前のめりになった。手を出すのも遅れて顔から階段に突っ込む。ガツッと派手な音がして、脳みそがぶるんと震えた。

起き上がれず、しばらくその場に突っ伏した。頭が痛い。動くのが辛い。けれどこのまま家の外で夜を過ごしたら体温を奪われて死んでしまう。

森下は這《は》いずって階段を上り、家の中に入った。暗がりを四つん這いで進む。鼻先にツッと何か滴ってくる。触れると粘ついて血の臭いがした。額を傷つけてしまったようだ。

明かりをつけるために立ちあがるのもしんどくて、汚い服のまま冷え冷えした布団の中に潜り込む。じんわりと寒いが、そのうち自分の体温で暖まってくる。布団を汚したくないので上を向く。血はそのうち止まるだろう。

あぁ、今日は散々な一日だった。具合がよくないのに、動き回ったのがいけなかったんだろう。せっかく食べたのに、吐いてしまったのももったいない。けれど医療相談所でもらったポカリスエット、あれはよかった。空いたペットボトルに水を入れてあるから、飲み水を汲みにいかなくていい。

親切でお節介な医者、白石は自分をホームレスらしくないと言っていた。そう、自分も年老いてから路上生活に身を落とすとは想像もしていなかった。

今思えば、五十を過ぎて教師を辞めたのが一つの転機だった。自分が教師を辞める原因になった子の顔はもう出てこないが、名前は覚えている。高野元久《たかのもとひさ》だ。

小学校の教師も昔はもっとのんびりしていた。素行が気になる子がいても、大抵は家庭に問題のあるごく一部。たまに授業がおしゃべりな教師の雑談で終わっても、勉強をちゃんと進めてくださいと怒鳴り込んでくる親もおらず、子供は教師に怒られたらちゃんと言うことを聞いていた。

時代が進むにつれ、次第に教師のしなければいけないことが増えてきた。夏休み、冬休みは課外授業や教師の勉強会が入りはじめ、まとまった休みがとれなくなった。森下は校長も教頭も目指さなかったが、年齢が上がったことで責任のある仕事を任され、若い教師の指導をすることが多くなった。

二回り近い年齢差となると、自分の子供といってもおかしくない年齢になる。指導するにも、昔のやり方では通じない。若い教師にはどういう言い方をすれば通じるのかわからない。若い感性を理解できない。かろうじて日本語の通じる未知の生物だ。

教師だけではない。子供も昔と変わってきた。大人に怒られることを怖がらない。怒っても言うことを聞かない。子供を扱えずに、教師の方が先に心が折れて教職を去っていく。子供との関係は凧揚《たこあ》げのようなものだ。慎重に糸を操り、風を読まないと、あっという間に落下し、関係は破綻する。子供と接することは喜びであったはずなのに、絶えずクラス全体に気を配ることに、強いストレスを感じるようになった。以前なら海外へ行って発散できたが、それも時間的に叶《かな》わなくなってきていた。

ただでさえしんどい森下を更に悩ませていたのが高野元久だった。森下は自分の受け持ちを四年生以下で希望しているが、教師歴も長くなり経験もあることから、異動したみその小学校でも、扱いが難しい五、六年生の担任を任されるようになった。

そして森下は高野のいる六年生のクラスを受け持った。高野は体が小さかったが、とにかく口が悪く乱暴者だった。五年生の時の担任は、教室で大騒ぎする高野のせいで授業を進められず、注意をすると「ブス」「死ね」と暴言を浴びせられていた。授業中あまりにも騒がしいので、教頭からも「もっとしっかり指導してください」と怒られて、板挟みになって追いつめられた担任は、夏休み明けに学校に辞表を提出した。臨時の教師が担任になったものの、高野の行動はエスカレートするばかりで、仲間の子を連れて堂々と教室を抜け出すようになった。

高野の母親は口うるさく、そして人の話を聞かないタイプで、担任が高野の教室での様子を説明し、家でも話し合いをしてほしいと訴えても「先生の授業が面白くないから、聞いていられないんでしょう」と言い返してくる有り様だった。

高野の家は子供が三人おり、高野元久は末っ子。上の二人の兄は小学校から私立の名門校に入学しているが、末っ子の元久だけ小学校受験に失敗して公立小学校に通っていた。母親は「お前はできが悪い」と高野には特に厳しく接しているらしく、その反動が学校でのいじめや教師への反抗といった形で出ているのかもしれなかった。

子供との関わりは最初が肝心になる。教師が「上」の存在なんだと教えないと、いつまで経っても好き勝手する。森下は担任になった初日からクラスの全員に平等に、そして厳しく接した。高野は相変わらずで何度注意しても授業中に好き勝手に歩き回り、自由に教室を出て行く。対策として森下は「自由参観」を導入した。授業参観の一つだが、二週間の期間を区切って、この間なら親がいつでも、時間の空いた時に何度でも授業を見に来られるという、当時としては斬新なスタイルだった。

予想どおり、高野はクラスメイトの親が見ていても堂々と席を立ち、森下に「クソジジイ」と暴言を吐いた。注意しても無視。高野の酷い言動は保護者の間で問題になった。自由参観を導入して一週間後、高野の母親が「うちでは良い子なのに、教師の教育がなっていないせいで問題児にさせられた」と怒鳴り込んできた。森下は自分のクラスだけで保護者会を開いた。高野の母親は森下を吊し上げるつもりだったようだが、出席した保護者の中で高野の母親の味方はいなかった。みんな高野の暴言、行動をその目で見ていた。

「高野さん、先生を責めるのはお門違いというものよ。先生はよくやってらっしゃったわ。息子さんが先生の言うことを聞かないのは、お家でのしつけの問題ではないかしら」

保護者の一人が発言し「そうよ」「本当に言葉が酷かったのよ」と大きな声で、小さな声でひそひそと同意が寄せられる。

「けど、うちの子は……」

反論する高野の母親に、他の保護者が「あなたの子供のせいで他の子の勉強が遅れているのよ」と腹立たしげに言い放った。話し合いの中で孤立した高野の母親は、強張った表情のまま帰って行った。翌日、高野は両目を真っ赤に腫らし登校してきた。

それから人が変わったように高野はおとなしくなった。暴言も吐かないし、授業中に外へ飛び出て行ったりもしない。一緒に騒いでいた児童達も、高野と一緒でなければ抜け出したりしなかった。ようやく森下は普通に授業を進められるようになった。高野が教室で静かになったことで、それに反比例して他の児童達が生き生きと輝きだした。

保護者会から十日ほど経った頃、高野は「森下に財布を盗まれた」と職員室に飛び込んできた。驚いた校長が出てきて、本当かどうか聞かれたが森下に身に覚えはない。それに小学生は学校に財布など持ってこない。必要ないからだ。それは校長もわかっている。

「今日は英語の塾の日で、お月謝を払わないといけないから財布を持ってきてたんだ」

高野は森下を睨み付けそう言った。校長が「確かめさせてもらいますよ」と他の教師に取ってこさせた森下の鞄をさぐるも、何も出てこない。高野が「青い袋に入れてたのを見た」と言い、森下が文具やノートを入れていた青い袋を校長があけると見覚えのない黒いナイロンの財布が出てきた。校長の顔から血の気が引き、高野は上目遣いにニヤリと笑った。その目で、森下はこの茶番劇の内幕を知った。

「校長先生、財布を机に置いてください」

森下の言葉に、校長は震えながら財布をテーブルに置く。

「泥棒!」

高野が勝ち誇った顔で怒鳴りつける。森下は胸を張り、ニヤついている高野の顔をまっすぐに見た。

「今から警察に来てもらい、財布から指紋をとってもらいましょう。僕が盗んだのであれば、必ず指紋が出てくるはずです」

森下の言葉に、小狡《こずる》い子供がカッと目を大きく見開いた。

「僕は高野君の財布を盗んではいないので指紋は出てこないでしょうが、高野君の財布を袋に入れた『誰か』の指紋は残っているでしょう」

校長が「そっ、そんな大げさなっ」と声を上擦らせるのを視線で制した。森下の予想どおり、高野の目が忙《せわ》しなく左右に泳ぎはじめる。

「人にわざと罪を着せようとする行為は立派な犯罪です。犯人を見つけないといけません」

「オッ、オレは何もしてないからなっ」

『犯人』としか言っていないのに、高野は慌てて保身に走る。

「高野君だとは思ってないよ。けど警察に届けて犯人を捜してもらおう。学校の中のことだけど、これは明らかに犯罪だからね。今から警察に電話するよ」

森下が傍にあった電話の受話器を手に取ると、高野が「もっ、もういいよっ」と怒鳴り、財布を鷲《わし》づかみにした。

「お前が盗んだんだろうけどっ、財布はあったし……ゆっ、許してやるよっ」

幼い犯人は職員室を走り出て行った。本当に警察へ届け出るわけがないし、手袋をしていれば指紋はつかないと気づかないところがまだ子供だ。自分がやったとバレそうになった途端に脱兎の如く逃げ出した。

職員室には、暗澹《あんたん》たる空気が漂っていた。高野が嫌いな担任教師を「窃盗犯」にしようと自作自演したことは、職員室に居合わせた校長、教頭、他の教師、誰の目から見ても明らかだった。

「あの子、怖いな」

同僚の男性教師がぽつりと呟く。

「俺もうっかり森下先生が盗んでしまったのかと誤解するところでした。まさかあんな小細工と芝居で教師を陥れようとするなんて誰も思わないでしょ。先生みたいに上手く対応できなかったら、窃盗犯に仕立て上げられていたと思うと……」

職員室の中が静かになる。若い女性教師が沈黙を破り「あの子って、来年卒業ですよね」と呟いた。

「早く卒業していなくなればいいのに」

どんなに気持ちをこめても、指導の通じない子供はいる。教師は何とかしようと手を尽くすが、それとわざと犯罪者に仕立て上げようとされるのはまた別の話だ。そういう子供は庇護《ひご》の対象ではなく脅威になる。自分たちの生活エリアからいなくなってほしいと願うのは、残酷な本音だった。

高野と一悶着《ひともんちゃく》あったせいで仕事が遅れた。翌日の授業で使うプリントを作り、印刷しているうちに、同僚はみな帰ってしまった。あと少しで印刷が終わるというところで、ワラ半紙が足りなくなる。予備の紙を置いてある棚にもない。最後の一束を使った人が補充する決まりになっているが、忘れたらしい。

森下は鍵を手に職員室を出て、隣の備品室へと入った。六畳ほどの部屋はドアと窓を除く四方の壁に棚があり、紙や鉛筆などの文房具、トイレットペーパー、替えの電球や掃除用具の予備が整然と並べられている。

一番奥の棚にワラ半紙を見つけ、手に取ったところでミシリと床の軋む音がした。振り返ると、備品室の入り口に人が立っていた。大人ではない、小さな影。

「高野？」

こちらを見据えるその目は殺気立ち、右手には木刀が握られている。高野は無言のまま木刀を振り上げ、こちらに向かって突進してきた。

咄嗟に左に避ける。木刀は鉛筆の置いてある棚を打ち付けた。強く叩きすぎた反動か、木刀が高野の手から離れて背後に飛んだ。高野は慌ててそれを拾いに行こうとする。森下は先回りして木刀を踏みつけ、備品室の外に蹴り出した。武器を奪われ、出入り口に立ち塞がられたと知ると、高野は森下に飛びついてきた。腕に噛みついてくる。痛くて振り回すと、高野はドサッと床に転んだ。素早く体を起こし飛びついてくるが、所詮は子供。森下は子供の両手首を摑み、体重をかけて床に押さえ込んだ。

「ちきしょう、ちきしょう。お前なんか殺してやる」

高野は威嚇する猫のように歯を剝いた。

「絶対に殺してやるからなっ！」

ぺっと吐き出された唾が、森下の頰を生温く濡らす。人に対して、なぜここまで攻撃的になれるのか不思議だった。自分は教師として、しつけとして「いけないこと」を教えているだけだが、それをこの子供は受け入れられない。

ふとタイで買った子供のことを思い出す。九歳ぐらいの子で、気に入って滞在中買い上げた。片言ではあるが森下はタイ語が喋れるようになっていたので、その子と色んな話をした。家が貧しくて学校に行けないその子は、体を売ってお金を稼いで、来年から学校に行くんだと夢を語った。森下が引き算を教えてやると、興奮したのか目をキラキラと輝かせた。

同じ子供でもこんなに違う。高野の父親は不動産会社の社長で、衣食住に困ることはない。それどころか高水準で与えられている。母親に問題がないとは言わないが、高野は自分が「恵まれた子供」だと気づいていない。世界には親に見捨てられ、体を売って金をつくらないと学べない不幸な子供もいるというのに。

高野がタイの貧しい家に生まれればよかったんじゃないだろうか。ろくに食べられず、口減らしのために売春宿に売られ、乱暴な外国人に犯されたら、こういう子供にはならなかったのではないだろうか。

「ママに言いつけてやる。お前がオレのこと投げつけたって言うからな。これは嘘じゃないからなっ」

自分が先に木刀で殴りかかってきたことは忘れたらしい。どうしたらこの子は反省することを覚えるんだろう。この性根が腐った嘘つきな子供は。

森下は自分のズボンのベルトを引き抜いた。そして高野の着ているTシャツを捲り上げ、頭と手を抜かない状態で、両手をベルトで縛り上げた。不細工で生意気な顔が見えないのでちょうどいい。

両手の自由と視界を奪われた子供は、陸揚げされた魚のように床の上で跳ねる。備品室のドアを閉めて窓のカーテンを引くと、密室ができあがった。受け持ちになってから三ヶ月。散々手こずらされた子供が無防備に晒す乳首は厭らしかった。最近、海外に行けなくてちゃんと見ていないから余計にそう思えた。

受け持ちの児童には死んでも手は出さないと決めていたが、純粋な誓いが馬鹿らしくなるほど、目の前の子供は心が汚れきっている。

「手をほどけっ！　何すんだよっ！」

……何をされるかは、自分がこれから身をもって知ればよかった。

アジアに集う嗜虐好きの小児性愛者のように乱暴に犯してやるつもりだったのに、肛《こう》門《もん》が固くてアナルセックスができない。堪え性もなく痛みにも弱いのか、先を一センチほど入れただけで高野は絶叫し、泣き喚《わめ》いた。狭すぎて自分も痛いので挿入は断念し、かわりに肛門と陰嚢《いんのう》の間を乱暴に突いた。最後はTシャツから頭を出させ、涙と鼻水でグチャグチャになっている顔面に向けて射精した。

終わった後は、泣き濡れて目が真っ赤な高野の顔と体を雑巾で拭い、学校の外へ引きずりだし「気をつけて帰るんだよ」と門を閉めた。

翌日、高野は両親に伴われて警察に行き「担任の教師に裸にされ、悪戯された」と訴えた。警察が学校に来て森下に事情聴取を求めたが「そんなことは一切していません」と堂々と嘘をついた。高野は尻に挿入されかかったことなど具体的なことは言わなかったらしく、森下が警察に聞かれたのも「服を脱がせたか」「体に触ったか」の二点だった。

警官は校長や同僚にも話をきいたが、財布事件の翌日なのでみんな「高野は先生をわざと窃盗犯に仕立て上げようとしていた。それに失敗してヤケになり、荒唐無稽な嘘をついているんだろう」と口を揃えて証言した。そして「森下先生は、決して子供に手を出すような先生ではありません」とも。

教頭は高野が長年問題行動のある児童で、彼の暴言のせいで教師が辞職したこと、同じクラスの児童の保護者からも高野の問題行動を指摘する声があり、森下が奮闘していたことや、そんな森下を嫌って窃盗犯に仕立て上げようとした顛末《てんまつ》など遠慮なく警察に話したようだった。

警察は森下を何度も呼び出し、事情聴取を行った。そんな中、高野を含む三名の児童が万引きで補導され、そのうちの二人が高野に命じられてやったと証言した。万引き事件は噂になり、高野は学校に来ることなく転校し、被害届もいつの間にか取り下げられていた。森下は夏休み明けに辞表を出して教師を辞めた。やったことに微塵も後悔はないが、自分の中の掟《おきて》を破ってしまった以上、教師は辞めたほうがいいと強く思った。

「先生は無実なのに、辞めることないですよ」

校長や同僚は引きとめてくれたが「私はあの子を正しく導くことができなかったことに責任を感じているので」と苦悩する教師を演じ、辞職は撤回しなかった。

教師を辞めた後は塾の講師になった。教師の頃よりも時間に余裕ができたので、休みを使って再び海外へ行きはじめた。現地で同じ嗜好の日本人と知り合い、日本でも子供が買える店があるんだと教えてもらった。怪しげな店ではあったものの、旅費を考えると日本で買った方が遥《はる》かに安くすんだ。

森下は店の常連になっていたが、ある日そこが警察の摘発を受けた。顧客リストが押収され、働いていた子供が、「この塾講師とは何回も性行為があった」と証言したので森下は逮捕された。こういう店では珍しく真面目で、お気に入りの子だった。同じ日に高速道路の多重事故があり多数の死者が出たことで、児童買春のニュースは扱いが小さく、また摘発された人数が多かったのでテレビや新聞に名前は出なかったものの、それを機に家族と縁を切った。迷惑をかけたくなかった。

初犯だったので執行猶予はついたが、働きづらくなった。若い頃から買春旅行で散財し、日本の店にも足繁《あししげ》く通い金を落としていた上に、二丁目のバーで飲むのも好きだったので、貯金はなかった。年金を受給できる年齢にはなっていたが、それだけでは生活していくのに心許なかったので動けるうちはと働いた。

六十五を過ぎて腎盂《じんう》腎炎が悪化し、仕事を辞めざるをえなくなった。入院治療に金がかかり、なけなしの貯金も底をついた。年金だけでは生活できず生活保護を申請したが、違法営業の風俗店で再び捕まり、実刑が決まった。生活保護は服役中に廃止され、出所してから再申請したが手続きが面倒なうえ、かつての教え子が役所で働いているのを見かけ、自分の罪状を知られるのが恥ずかしくて行けなくなった。

住んでいたアパートの取り壊しが決まり、そこを出るはめになった。身よりのない老人はアパートも借りられず安ホテルを転々とする。泊まる金もなくなると仕方ないので路上で寝た。就寝中に心ない輩に頭を蹴り飛ばされてからは、金を貯めて川べりに「家」を建てた。

小さくて粗末な我が家、埃臭い布団にくるまって暗い天井を見つめ、どうしてこんなことになったのかなぁと考える。

叔母が実家に富士子を連れてこなければ、自分の性的嗜好に気づくことはなかっただろうか。タイで日本人の二人組が子供も買えるんだと自分に教えなければ、日本人のポン引きに捕まらなければ、子供を買うことに味を占めて海外へ買春旅行に出かけることなく、もう少し貯金ができていただろうか。高野のような性悪な子供に出会わなければ、ああいう仕返しをしようとも思わず、教師を辞めることもなかっただろうか。あの子を理由に教師を辞めるぐらいだったら、自分のお気に入りだった児童とセックスしたかった。自分の欲望に殉じて教師生活を華々しく散らせばよかった。

そう、日本でも子供が買えると教えられなければ、警察に捕まることもなかった。真面目に生きてきたのに、自分はずっと色んな人間に惑わされてきた。

金もない、名誉もない、何もない年寄りのホームレスになったら、怖いものがなくなった。だから公園に来た子と楽しむことができる。ちょっと手を滑らせて可愛い子のパンツの中に指を入れたり、家に連れ込んでまぐわうことができる。教師をしていた頃なら、こんな危険なことはしなかった。世間の目があったからだ。今は警察に捕まっても怖くない。刑務所に入るのは初めてじゃないし、家族とも縁が切れている。地元ではないから、教師時代の知り合いに会うことも殆どない。自由だ。あぁ、人が堕《お》ちるっていうのは、自由になることなのかもしれない。

自由なのはいいが、ホームレスの生活は年寄りにはきつい。もし生まれ変われるなら、古い時代に生まれたい。金と権力を持っている武士か貴族がいい。それで子供をたくさん囲う。囲った子供達には、いい服を着せ、たくさん食べさせて贅沢な暮らしをさせる。勉強したいと言うなら、いくらでも勉強させてやろう。自分に囲われたことを後悔させないように。

夜が明けたら……もう少し具合がよくなっているだろう。走れるまで元気に、とは言わないから歩くのがしんどくならなければいい。明日、炊き出しがあるのはどこだろうなぁと思いながら、森下は永遠に朝の来ない眠りの中に沈み込んでいった。

エピローグ

二十畳ほどの座敷に集まっているのは、ざっと三十人前後。小学生から年寄りまで各世代が揃っているが、七十代以上の割合が多い。知らない顔はいない。身内ならではの、騒々しく遠慮のない会話が忙しなく飛び交っている。

「葬式の時に、喉を詰まらせて死んだ爺さんがいてなぁ」

隣に座っている父方の叔父は笑えない話を、唾を飛ばす勢いで喋る。喪服に包まれた巨体が揺れるたびに、防虫剤の匂いが、ふわっ、ふわっと漂ってくる。

叔父さんも老けたよなと、禿げ上がった頭を横目に「うんうん」と相槌を打ちながら、大貫宏一《おおぬきこういち》はビールを一口飲む。小学生の頃はよく海に連れて行ってもらった。ゴムボートに乗せてもらい沖へ繰り出すのが最高に楽しかった。そういう自分ももう四十六。あの時の叔父の歳をとうに追い越している。

叔父が左隣に座る親戚のオッサンと話し始めたので、宏一はそっと席を立った。精進落としの座敷を出て、廊下を通りかかった従業員に喫煙所の場所を聞くと、トイレの横のドアを出て外でお願いしますと言われた。そこは中庭の端で薄暗く、ベンチが一つと灰皿のスタンドがぽつんと置かれただけ。物寂しい雰囲気に加え、どうでもいい感が漂っている。近頃、喫煙者への仕打ちは容赦ない。お前ら滅びろの勢いだ。煙草のパッケージには、肺がん云々《うんぬん》と脅し文句が並んでいるが、喫煙者には怖くないホラー映画並みに何の効果もないんだとわかってない。

五月の初めとはいえ、夜はじんわりと冷える。ぷかりと煙草をふかしていると「あら」と聞き覚えのある声が耳に入った。いとこの幸恵《ゆきえ》が近づいてくる。

「宏ちゃん、あなたまだ吸ってたの？」

煙草を片手にいそいそと喫煙所に入ってきた人の言葉とは思えない。

「幸恵姉ちゃんがそれ言う？」

フフッといたずらっ子のように笑って幸恵は宏一の隣に腰掛けた。

「ここ、暗いわよねえ。宏ちゃんじゃなかったら、そのまま戻ろうかと思ってた」

橙色《だいだい》のパッケージの箱を取り出し、細いメンソールに幸恵は火をつける。

「その煙草、見たことないな」

「そうでしょ。あまり売ってないのよ。探すのが大変」

幸恵は白い煙をフッと吐き出す。五十を過ぎて目尻の皺が深くなったが、唇の傍のほくろといい、仕草といい、疲れたような後れ毛といい、色気のある人だ。一度離婚したが、サクッと再婚するあたり、男が放っておかないのもわかる気がする。

「そういや今日、由香《ゆか》も来るはずだったんだけど、急に朝日《あさひ》の具合が悪くなって、病院に連れてくことになってさ……」

妻の欠席を詫《わ》びると、幸恵は「いいのよ、気にしないで。うちの旦那も仕事で呼び出されてさっき帰っちゃったし」と首を横に振った。

「朝日、具合はどうなの？」

「さっき由香から点滴中ってＬＩＮＥきてたし、大丈夫だと思う」

幸恵は「それならいいけど」と小さく息をつく。長男の朝日は丈夫で風邪も滅多にひかないが、ここぞというピンポイントで具合が悪くなる。そういえば……。

「伊吹は来てないの？」

幸恵の一人息子の伊吹はお婆ちゃん子だったのに、一度も姿を見ていない。

「通夜には来てたんだけど、今日はどうしても外せない用があるんですって。編集者って大変みたい。何をやってるか私はよく知らないけど」

伊吹は大学を卒業したあと出版社に就職した。宏一は本を作る仕事をする自分を想像したこともないので、その話を聞いたときも「凄いね」としか言えなかった。

「あのチビが編集者って、偉そうだよなぁ」

記憶にあるのは、人見知りでいつも幸恵のスカートの後ろに隠れていた姿だ。

「もうチビじゃないわよ。伊吹、来月アラスカに行くんですって」

「アラスカ？　仕事で？」

幸恵は「そうみたい」と煙草を持つ手を軽く揺らした。

「氷河が何とかって言ってたけど、忘れちゃった」

仕事で海外へ行くというシチュエーションをかっこよく感じる。一度でいいから「仕事でアラスカへ」とか言ってみたい。自分が外国の地を踏んだのは、新婚旅行でグアムに行った一度きりだ。

「その前は学校の先生で何か本の企画を立ててるとか話してたから、あれこれ手広くやってるみたいね。けどほんと男の子ってつまんないわ。大きくなるとちっとも家に寄りつかなくなるんだもの。圭祐は正月にしか顔を見せないって母さんがボヤいていたのを今頃になって思い出すの」

幸恵はスンッと小さく鼻を鳴らし、ハンカチで目許を押さえた。

「七十五歳って、ちょっと早いわよねえ」

亡くなった幸恵の母親の恵子《けいこ》は、宏一の母親と姉妹で、二人はとても仲がよかった。

宏一は幼い頃、いとこで歳の近い幸恵や弟の圭祐とよく一緒に遊んだ。

叔母の恵子が膵臓《すいぞう》がんだというのは母親から聞いていて、一度ぐらい見舞いにと思っているうちに訃報が届いた。気落ちした母親の傍には、宏一の妹の遥《はるか》がずっと付き添っている。

父親似で丸顔の母親と違い、恵子叔母は幸恵と同じ細面で目鼻立ちのくっきりした美人だった。幸恵は間違いなく叔母の血を色濃く引き継いでいる。

「そういえば宏ちゃんて薬の会社にいるのよね」

幸恵は濡れたハンカチを喪服のポケットにしまった。

「そうだけど」

「マイスリーってただの睡眠薬よね」

自社では取り扱っていないが、名前は知っている。

「そうだよ」

「ネットでも調べたんだけど、変な薬じゃないわよね」

「普通の薬だけど、どうしたの？」

幸恵は周囲に目を配り、声を潜めた。その顔は怖いぐらい真剣だ。

「圭祐なんだけど、先々月に体調を崩して寝込んだのよ。様子を見に行った時に、体温計がないって言うから探してて……そしたら棚の中にその薬があったの」

「睡眠薬ぐらい飲んでても珍しくないと思うけど」

「……伯父さんたちには言わないで欲しいんだけど、薬が入ってたのって精神科のクリニックの袋だったの」

一瞬言葉に詰まったが、宏一は笑った。

「そりゃ眠れないって思って最初に行くのは精神科でしょ」

「そうなの？」

緊張していた幸恵の顔が少しほどける。

「圭祐は営業だろ。そういうトコにいたらストレスで不眠とかもあるんじゃないの。他に何か薬とか飲んでた感じはある？」

「見つけたのはそれだけ」

「じゃあ心配することないね」

幸恵は「そっか」と胸に手をあてた。

「睡眠薬ぐらい珍しくないわよね。母さんもよく飲んでたし」

「そうそう」

幸恵は煙草を灰皿に押しつけ、両手で頬を覆った。

「変なこと聞いてごめんなさいね。母さんが死んだばかりだから、大したことないって思ってても、そういうことがやけに気になっちゃって。圭祐は神経質なところがある子だから余計に……宏ちゃんみたいに結婚でもしてくれてたら安心なんだけど、その気もなさそうだし」

……自分も具合が悪くなったら、妻の由香に引き出しを探られるんだろうか。悪意はないとわかっていても、そういうのは何か嫌だ。

幸恵は二本目の煙草を取り出した。

「宏ちゃんちの朝日は十五よね。日向《ひなた》はいくつになるんだっけ？」

「七歳」

幸恵は「もうそんなになるんだ」と目を大きく見開いた。

「人の家の子は大きくなるのが早いなあ。日向なんてこの前まで赤ん坊だった気がするのに」

「両方とも生意気で、縊《くび》り殺したくなるよ。上のなんか特に、俺が怪我した時も冷たくてさぁ」

幸恵はゆるりとこちらを向いた。

「怪我したの？」

「こけて手首の骨やっちゃってさ」

「もしかしてスキー？」

「まぁ、そんな感じ」

大学生の頃、サークルに入ったのがきっかけでスキーに嵌り、足繁くゲレンデに通ってそこそこ滑れるようになった。今でも毎年家族でスキーに行く。今年も子供を連れて滑りに行ったら、初日にこけ、スキー歴二十七年にして初めて手首を骨折した。

由香には「馬鹿じゃないの」と鼻先で笑われ、朝日は一言「ないわ」だ。心配してくれたのは小学生の日向だけだ。

「もう無理はできないわね。私も宏ちゃんもいい歳なんだし」

宏一は右の手首をそっと押さえる。ギプスは外れ、問題なく動かせるものの、何かの折にふと違和感を覚える。重い荷物を持った時なんかは特に。痛くはないが、前とは違う心許ない感じがずっと消えない。

「気をつけないと、そういう傷ってもっと歳を取ってから痛みだしたりするのよ」

幸恵は母親が乗り移ったかのように、そっくり同じことを言った。

ぽつぽつと話をしながら十五分ほどニコチンを補給し、二人で座敷に戻る。すると自分の席に父方の親戚のオッサンが陣取って叔父さんと話し込んでいた。

そこは俺の席ですけど～と言うのも無粋だし、どうするかねと思っていると「宏ちゃん」と名前を呼ばれた。圭祐が手招きをしていて、隣はスペースが一つ空いていた。

そこにおさまると「おじさんたち、もう好き勝手やってるから」と苦笑いされた。長男の圭祐は今日の葬式で喪主を務めていた。

「集まるの久しぶりだからなぁ。お前も色々と大変だったたな」

圭祐は首を横に振った。

「俺は病院に顔を出す程度で、姉さんがずっと母さんの面倒を見てくれていたよ」

圭祐からは防虫剤ではない……男なのに甘い香りが漂ってくる。

「お前、香水とかつけてる？」

途端、圭祐が慌てた顔になった。

「あ、ごめん。こういう時に不謹慎だよね。つけるのがもう癖みたいになってて」

「あ、いや」

営業に行った先、たまに香水の匂いがキツい医者がいる。気障《きざ》というイメージが拭いきれずいい印象がないが、圭祐のそれはまだ自然だ。

「お前は営業だったよな。百貨店になると身だしなみも仕事のうちなんだろ」

圭祐は「そうなんだよ」とため息をついた。

「外商だとある程度のグレードの服や持ち物を身につけてないと『貧乏臭い営業を家によこさないで欲しい』ってクレームがくるんだ」

「ひえぇ、やっぱすげぇな。俺もそういうセレブなこと言ってみたいわ」

ハハッと圭祐は声をたてて笑った。その顔は、髭の剃り残しもなく人形のようにつるりとしている。髪も薄くなったり白くなったりの気配がない。一つ下、四十五歳のはずだが、細身でスッキリした体形はまだ三十そこそこに見えた。小綺麗にしているのが仕事とはいえ、下っ腹がせり出し、常に顔が脂ぎっている自分との格差を感じる。

「お前、体締まってるよな。何かスポーツとかしてる？」

「毎朝走ってるよ。あと週二でジム、月に二回ぐらい乗馬かな」

昔、圭祐が乗馬をはじめたと聞いたことはあったが、まだ続けていたとは思わなかった。それに毎日ジョギングとか自分には到底無理。時間があれば一分でもいいから寝ていたい。

「お前、モテるだろ」

ビールを口に運んでいた圭祐がブフッと吹き出し、慌ててグラスをテーブルに置いた。おしぼりで口許を拭く。

「急に何なの？」

「普通にカッコイイって思うからさ。どうして結婚しないんだよ」

「タイミングを逃しちゃってさ」

「言い寄ってくる女、沢山いるだろ」

圭祐が目を細め、宏一の耳許に口を寄せてきた。温《ぬく》みのある甘い匂いに、相手が圭祐だとわかっていてもドキリとする。

「宏ちゃんだから話すけど、若い頃にキツい失恋したんだよ」

目が合うと、圭祐は苦笑いした。

「それから恋愛とかそういうのはもういいかなって感じになってさ」

小さい頃から人に気を遣う空気の読める子供だった圭祐。過去の恋愛を延々と引きずる、そういう繊細な部分があっても不思議じゃない。

「けどお前、もったいないよ」

「それに一人が楽になっちゃってさ」

圭祐が髪を掻き上げる。その手首には医者がよく持っている……高級ブランドの時計がおさまっている。営業先の医者がつけていても「あぁ、金持ちですね」とか「稼ぎありますもんね」としか思わないが、圭祐がしているモデルは、ブランドが自己主張してなくて、デザインも成金臭が薄くモダンだった。

「そういう時計とかさ、社員割引は利くの？」

圭祐は「これ？」と時計の盤面を指先で撫でた。その爪は綺麗に切りそろえられ、ピカピカひかっている。自分の、艶もなく白っぽい爪と思わず見比べてしまう。

「多少ね。これは昇進した時に、自分へのプレゼントに買ったんだ」

独身だったら、そういう高級時計も自分へのプレゼントに買えるのだ。

「男二人で何こそこそ話をしてるの」

幸恵が傍にやってくる。宏一は「圭祐のしてる時計が高そうだって話」とあっさり口にした。

「この子、たまに大きな買い物をするのよ。去年はジャガーを買ってるし」

幸恵にばらされ、圭祐は「別にいいだろ」と高校生の時の顔で拗《す》ねてみせた。

「自分が働いた金なんだから。昔から憧れだったんだよ」

「けどジャガーって最低ランクでも四、五百万でしょう。この子、幾らか絶対に言わないのよ。それに住んでるマンション、男の一人暮らしなのに大理石のアイランドキッチンになってるの。パスタマシーンもあって、びっくりしたわ」

「料理が好きで趣味なんだからおかしくないよ」

傍から聞いていれば弟の秘密を次々と暴露する姉の姿で、笑えそうなのに……笑えなかった。

「お前、芸能人みたいだな」

ぽつんと言葉が飛び出した。

「なに？」

圭祐が首を傾げる。

「時計とか車とかさ」

「何言ってるの、普通だよ」

圭祐は笑う。けどそういうのは普通じゃない。普通の人間は百万近い時計や、一千万近い外車を買ったりしない。

自分の家は賃貸で、息子の教育のことを考えたら、家を買う余裕はない。車も中古だし時計は小遣いを貯め、奮発して七万だ。お気に入りだった時計が、圭祐の高級品を前に一気に霞《かす》んでゆく。

「圭祐は幾つになってもふわふわして掴み所がないのよね。宏ちゃんみたいに家庭を持って、しっかりしてくれたら私も安心なのに。あなた子供は好きでしょう。自分の子供、欲しくないの？」

圭祐の顔が一瞬、強張ったように見えた。

「それは相手のいることだから」

「待ってても駄目よ。自分で探さなきゃ」

幸恵はやけにしつこく絡んできて、圭祐が困っている。宏一は「まぁまぁ」と二人の間に割って入った。

「人生は色々ってことで」

「ちょっとトイレ」

圭祐が立ち上がり、座敷を出て行く。幸恵は「逃げ足だけは速いんだから」と腹立たしげな顔をしていたが、父方の叔母さんに声をかけられてそっちと話しはじめた。

暇になったのでスマホを取り出すと、由香からＬＩＮＥが入っていた。慌てて『今気づいた』と送る。『遅い』のスタンプの後に『点滴が終わった』『今から帰れる』と返事があり、ホッとした。

やりとりをしている間に、いつの間にか戻ってきていた圭祐が「本日は皆様……」と挨拶をはじめた。始まって二時間、精進落としもお開きの時間だ。

『葬式もう終わる』

LINEを入れると、由香から『会場、横浜駅の近く？』『帰り拾おうか』と来た。

店の前に十分後に待ち合わせ、スマホをしまう。圭祐の挨拶も終わり、親戚がゾロゾロと座敷を出て行く。

母と妹、年寄り連中を見送って最後に店を出ると、入り口の横に幸恵と圭祐が立っていた。自分に気づくと、圭祐は「今日は来てくれてありがとう」と頭を下げた。

「宏ちゃん、帰りどうする？　タクシーで乗り合わせて駅まで行こうかって話をしてるんだけど」

「俺は由香が迎えに来てくれるって」

「あら、奥さん優しい」

幸恵がニコッと笑う。

「あ、いや。何か病院の帰り、ついでだから俺を拾うって……」

話をしている間に、店の前に見慣れた軽自動車がとまり、ハザードランプがチカチカと点滅しはじめる。五十万で買った中古車。自分の車。それをジャガーのオーナーである圭祐に見られているのが恥ずかしい。

「じゃあ」

そそくさと車に近づく。すると由香が日向の手を引いて車から降りてきた。

「どうした？」

由香は日向の頭をポンと少し乱暴に叩いた。

「チビが愚図ってしかたないから、そこのコンビニでお菓子買ってくる」

よくよく見れば、日向は目と鼻が赤く、顔が涙で濡れている。

「病院が嫌いなのに、あなたもいないし、母さんにも預けられなくて、連れて行かないといけなかったのよ。そのせいでずっと機嫌が悪いの」

日向は母親の手を振り切り自分に駆け寄ってきた。抱き上げても、まだクスンクスンと愚図っている。利かん気で泣き虫の次男に由香は手を焼き、大声で叱りつけることも多い。そのせいなのか、日向は由香よりも自分に懐いている。

「俺がコンビニ連れて行ってくるわ」

「いいけど早くしてよ。朝日、はやく休ませたいから」

「こんばんは」

幸恵と圭祐が近づいてくる。由香は「どうもこのたびはご愁傷様です」と二人に頭を下げた。

「宏ちゃんの結婚式以来よね。朝日くんが大変な時にごめんなさい」

恐縮する幸恵に、由香は「いえいえ」とよそ行きの顔で首を横に振る。

「朝日も全然大したことないので」

「宏ちゃんちの末っ子？」

圭祐が日向の顔を覗き込む。

「そうなんだよ。利かん気でさぁ」

「顔は奥さん似かな。可愛いね」

知らない人を警戒したのか、次男はフイッと顔を背ける。

「ほら日向、父さんのいとこのおじちゃんにちゃんと挨拶して」

日向は唇を尖らせ、嫌そうに圭祐に顔をむけると蚊の鳴くような声で「こんばんは」と挨拶する。

「こんばんは、日向くん。お父さんのいとこの圭祐おじさんです」

圭祐は優しい顔で、日向の頭をそっと撫でる。子供への触れ方が独身男にしては手慣れている。そういえば昔、圭祐は甥っ子の伊吹の相手を根気よくしてやっていた。根っからの子供好きなんだろう。いい父親になりそうだ。

日向は人見知りだが、おとなしく撫でられている。優しい大人は子供にもわかるのかもしれない。

「日向くん、お菓子は何が好き？」

はっきり「チョコ」と答える。

「じゃあおじさんが好きなのを買ってあげるよ」

日向の顔がパッと明るくなり、圭祐が「俺がコンビニ、連れて行ってもいい?」と聞いてくる。

「あ、うん。それはいいけど……」

由香の視線が怖い。

「すぐに戻ってくるから」

圭祐はそう言い残し、日向と手を繋いでコンビニに向かった。二人の後ろ姿を見送りながら「あの子ってほんと、子供が好きよね」と幸恵が呟く。

「あんまり甘やかすから、伊吹が私の言うことを聞かなくなって大変だったのよ。ごめんなさいね、由香さん。圭祐が変に出しゃばっちゃって」

「私は別に……」

幸恵はさりげなく由香もフォローしてくれる。昔からそういう気遣いができる人だ。

「この辺って、タクシー通らないわね。呼んだ方がいいかしら?」

ハンドバッグの中をごそごそ探っていた幸恵は「ないわ」と青ざめた。

「スマホ、店に忘れたみたい。取ってくるから宏ちゃん、圭祐が戻ってきたらそう伝えてくれる?」

「いいけど、幸恵姉ちゃんは相変わらずポコポコ抜けてるなぁ」

幸恵は右手を振り上げ、怒っているリアクションをしながら笑い「ちょっと行ってくる」と店へ引き返した。

「幸恵さんとは面識あるけど、圭祐さんて人は結婚式に来てなかったよね」

ぽつんと由香が聞いてくる。

「圭祐は幸恵姉《ねえ》の弟だよ。仕事が忙しい奴でさぁ」

「あの人、いくつ？」

「俺より一つ下」

由香は「ええっ」と叫び、その声の大きさに逆に驚いた。

「何だよ、急に」

「嘘でしょ。まだ三十そこそこかと思ってたわ」

「お前、いくら何でも言い過ぎだろ」

「だって若くて凄くかっこよかったよ」

由香がかっこいいなんて言うのを、若手俳優以外で久しぶりに聞いた。……あまりいい気はしない。

「若く見えても、間違いなく四十五だから」

由香はチラリと宏一をみて「同じ種類の生き物とは思えないわ」と暴言を吐いた。

「何だか芸能人みたいな素敵オーラがあったよね、あの人」

自分もかっこいいと思ったが、それを由香に言われると面白くない。

「そういえば朝日、食中毒って何食ったんだよ」

圭祐讃歌《さんか》を聴きたくなくて、わざと話題を変えた。

「わかんないけど、部活の帰りに天ぷらうどんを食べた朝日と来栖《くるす》君だけこんなことになってるみたい」

来栖君は朝日の幼馴染みだ。とても仲がよく、中学では同じ卓球部に所属していて、うちにもしょっちゅう遊びに来ている。

「来栖君の家、離婚したみたいよ」

「嘘、マジで？」

来栖君は二人兄妹で、母親はシングルマザーだったが、三年前に再婚していた。

「旦那がね、ヤバかったみたい」

「ヤバいって、何が？」

宏一は新しい旦那に何度か会ったが、地味で真面目そうな人だった。由香は周囲を見渡し、声を潜めた。

「他の人には絶対に言わないでよ。言ったら殺すから。あの旦那、娘に手を出したって」

ゾゾッと総毛立った。

「手ぇ出すって……あそこの下の子ってまだ小学生だろ」

「娘の様子が何か変で、反抗期かなあってずっと言ってたのよ。あの人、パートに出てるじゃない。たまたま具合が悪くて早く帰ったら、そんなことになってたって。訴えるって言ってたわ」

去年だったか、家族ぐるみでバーベキューに行った。来栖君の妹は歳の割に背が高く、顔立ちが整っていて、大人になったら美人になりそうだと予感させた。

「色気のある子だとは思ってたけど……」

「そういうこと言うのやめてよ！」

由香が露骨に嫌な顔をした。

「色気とか関係ない。子供は何も悪くないの。当然でしょ」

語気の強さに押されて、宏一は黙り込むしかなかった。

「うちは男の子しかいないからそういう心配はないけど、女の子がいてそういう目にあったって思ったら耐えられないわ。連れ子への虐待ってよく聞くけど、こんな近くであるなんて思わなかった。あそこの奥さんにしてみたら娘が傷つけられて、しかも夫が相手なんて地獄よ」

吐き捨て、由香は「朝日が気になるから、先に戻るわ」と車に向かった。

些細《ささい》な一言で揚げ足を取られ、一気に攻め入られて鬱々としていると、圭祐に抱っこされて日向が戻ってきた。チョコの箱を片手にご機嫌だ。

「はい、宏ちゃん」

手渡されたコンビニ袋の中には、色々な菓子が溢れるほど入っている。

「おま、これ……」

「調子に乗って買いすぎちゃった。ごめんね。みんなで食べて」

圭祐は日向を下ろすと、子供の目線までしゃがみこみ「じゃあまたね」と子供の頰を撫でた。

「ありがとう、ケースケおじちゃん」

日向がとびっきりの笑顔を見せ、圭祐もとろけそうな顔で「どういたしまして」と目を細め、日向の頰に軽くキスをした。外国人の別れのような気障な仕草も、圭祐がやると自然に見える。

幸恵も戻ってきて「スマホ、どこにもなくて慌てたわ。そしたら喫煙所に置き忘れてたの。ほんとバカよね」と笑っていた。

二人と別れ、日向を連れて車に乗り込む。いつも生意気な朝日は車の後部座席でぐったりと横になり、その隣で日向は買ってもらったばかりのチョコにかじりつく。

由香は左右を確かめ、右に指示器を出して車線に戻る。ここから家までは十五分ぐらいだろうか。

後部座席で「ぎゃあああっ」と日向が泣き出した。

「お兄ちゃんが、お兄ちゃんが、僕のチョコ盗《と》った」

由香は振り返らず「お兄ちゃんは具合が悪いんだからあげなさい」と怒鳴った。

「だって僕の！　僕の！」

鼓膜が震えるような大音量で日向が泣き喚く。さっきまでご機嫌だったのに、またいつものがはじまった。仕方がないので、圭祐にもらった袋の中にあったスナック菓子を一つ与えるとようやく静かになった。

「そういうお菓子って、どう考えても体に悪そうよね」

由香の嫌味がチクリと刺さる。じゃあどうすればよかった？　何も与えず、家に帰るまで泣き喚く日向の声をＢＧＭにしたかったのか。

家のことはしっかりやってくれるけど、由香はたびたび言葉の端に嫌味を織り交ぜてくる。それがけっこうキツくて地味にメンタルを削られる。

背後で「グゲッ」とカエルのような声が聞こえた。

「お兄ちゃん、はいたー」

慌てて振り返ると、朝日がうつ伏せになってげろげろ吐いていた。独特の酸っぱい臭いが車内に充満する。

「おいっ、吐くならこれに吐け」

菓子の入っていたコンビニ袋を差し出すが遅かった。最悪……最悪だ。

車は十五分きっかりで家に着いた。弟の菓子を取り上げ、食っている最中に吐いた朝日は由香に支えられながら家に入り、自分は車の後部座席を掃除した。明日、通勤に使うのに、ゲロ臭い車は絶対に嫌だった。

家族は大切だし大事だけど、たまに激しく面倒くさくなることがある。面倒くさい。他に表現しようがない。ただただ面倒くさい、だ。

もし結婚してなかったら、今頃どんな生活をしていただろう。バックミラーに脂ぎったオッサンの顔が映っていてギョッとする。それが自分の顔だと気づいて急に怖くなった。自分はもう少し、もう少しマシな顔をしていたかと思っていた。

圭祐は昔と同じ、若いままなのにどうして自分だけこんなに、オッサンみたく歳を食っていってるんだろう。

圭祐が羨ましい。ジャガーとか、一度新車で乗ってみたかった。宝くじでも当たらない限り、自分には永遠に無理だ。

百万近い時計をして「普通」とかさらっと言ってみたいわ。アイランドキッチンも、由香がずっと欲しいって言ってて、それが独身のお前んちにあるとか何かのギャグかよ。あの顔で不眠とか、漫画みたいにできすぎてて逆に怖い。っていうか、男の癖に色気ありすぎだろ。あれだったらいくらでも女は寄ってくるだろうし、いつでも結婚できんじゃないのか。

何が失恋が忘れられないだ。そんなこと言ってて、彼女未満のいい女と散々やってんだろ。来年あたり、二十代の若い嫁とかいきなり連れてくるんじゃないのか。想像しただけで何かムカつく。

あいつ、いいなあ。男として終わってなくていいよなぁ。一日でいいからあいつとかわって、一人で静かに過ごしてみたいわ。女にかっこいいとか言われたいわ。

ぐしゃぐしゃしたものが込み上げてきて、宏一はゲロの臭いのする雑巾を放り出し、車のタイヤを蹴り飛ばした。

あいつ、面倒くさいことも、煩わしいことも何もなくて、かっこよくて、金もあって、いいよなあ。

いいよなあ、いいよなあ、あいついいよなあ……羨ましすぎて何か胃が痛くなってきたわ。

主要参考文献

『性犯罪者の治療と処遇 その評価と争点』ウィリアム・L・マーシャル〔他〕編著、小林万洋、門本泉監訳、日本評論社

『性暴力の理解と治療教育』藤岡淳子著、誠信書房

『性犯罪の行動科学 発生と再発の抑止に向けた学際的アプローチ』田口真二〔他〕編著、北大路書房

『9人の児童性虐待者』パメラ・D・シュルツ著、颯田あきら訳、牧野出版

『性犯罪の心理 あなたは性犯罪の実態をどこまで知っているのか?』作田明著、河出書房新社

『性的虐待を受けた少年たち ボーイズ・クリニックの治療記録』アンデシュ・ニューマン、ベリエ・スヴェンソン著、太田美幸訳、新評論

『脳と犯罪/性犯罪/通り魔・無動機犯罪』中村俊規、小田晋、作田明著、新書館

『児童性愛者 ペドファイル』ヤコブ・ビリング著、中田和子訳、解放出版社

『ホームレス入門 上野の森の紳士録』風樹茂著、角川文庫

『漂流老人ホームレス社会』森川すいめい著、朝日新聞出版

解説

王谷晶

村上春樹を「ハルキがさ〜」と呼び捨て、スティーブン・キングも「キングのじっちゃんがね〜」と親戚のように呼ばわっても、木原音瀬の話題では絶対に「木原先生が……」となる。それは私の周囲の本読みの間で暗黙の了解となっている（本当にみんな、示し合わせたわけでもないのに木原先生には先生をつける）。すれっからしの書痴たちに畏怖に近いリスペクトを抱かせるその理由は、本書が初の木原作品体験であった人にもきっとすぐにご理解いただけるかと思う。人間の清濁、不条理な部分から一切逃げず目を逸らさずに書ききる力が、あまりに圧倒的だからだ。

私は三度の飯よりＢＬが好きな男×男愛好家なので、木原先生との出会いは当然ＢＬ小説であった。ＢＬというジャンルにはその名の通り多種多様な男が登場し、中にはちょっといけすかないような男も出てくるのだが、まず木原先生の描くいけすかない男は格が違った。お詫《わ》びのプリンを買ってきたり、おでこにチューするくらいでは到底許されないような、洒落《しゃれ》にならない生々しい嫌さを湛《たた》えていた。しかも、その上で、読んでいて愛着を抱かずにはいられない人間味溢《あふ》れる嫌な野郎が出てくるのだ（※いい男もたくさん書いてらっしゃいます）。ハッピーエンドの話でも、人の腸《はらわた》をぶわっと開いて見せるような踏み込んだ心情描写がばしばし盛り込まれ、読んだあとはしばらく物語が頭を離れない。作劇技術的にウルトラCの難技を、しかもさらりとした、水のように滑らかな文章で編み上げてしまう。自分もいみじくも同業の末端の末席にいるが、もはや嫉妬する気も起きずに読むたび「ひょえ〜」と間抜け面で感嘆するのみ。それが私にとっての木原先生作品だ。

洋の東西を問わず大量の男と男の愛憎物語を摂取してきたが、木原BLはとにかく唯一無二の存在感があった。舞台も現代日本はもちろんファンタジー世界からベトナム戦争まで幅広く、多作にして多彩。居住まいを正して拝読するようになって十数年、気付けばBL関連以外のメディアでも木原先生の名前をお見かけするようになり、そして初の文芸書となった、本書の単行本が出た。

実は、『ラブセメタリー』が刊行されたとき、私はすぐには手に取らなかった。取れなかったというほうが近いかもしれない。テーマを知り、二の足を踏んでしまったのだ。失礼ながら木原作品を勝手に「日本のジャック・ケッチャム」と呼んでいたこともあり、これは木原版『オンリー・チャイルド』（ケッチャムの著書。児童虐待を題材にしたサイコスリラー）が出てしまったのか……？　と戦慄もした。それに、小児性愛、という題材は、書き手として見ても物凄《ものすご》くリスキーなものに思えた。理由は、日本は女子高生をはじめ未成年児童およびその表象におおっぴらに性的な視線を向けることに対する社会的なタブー感が薄く、小児が被害者の深刻な犯罪のニュースでもそれを性的に玩弄したり茶化したりするコメントが寄せられるような、児童保護に対するモラルの低い社会だからだ。そういうシーンで、この題材がどう描かれるのだろうか。木原先生の仕事は信用しているが、正直読むのが怖い、と思ってしまった。結果、刊行からだいぶ経《た》って読むことになったのだが、予想とまったく違う内容で、そして、予想以上にヘヴィな読書体験となった。

自分の欲望を恐れ、それが周囲や家族に知られることにも恐怖し、万が一にも行動に移さないよう医療で性欲を無くしてほしいとまで考え悩む久瀬と、自分の犯してきた児童虐待を他人事のように言い訳し続け、半ば開き直っている森下という対象的に見える二人の男を中心に、その縁戚、知人が蜘蛛《くも》の巣のように繋《つな》がってこの本の世界は紡がれている。小児性愛に対する知識や感想も登場人物それぞれで異なり、反射的に嫌悪を催す者も、気持ちは分かるよくらいのスタンスの者もいる。つまりここに描かれているのは、私（たち）が住むありふれた現実と極めて近い世界だ。

久瀬のパートを読むと、自分で選んだわけでもないのに絶対に叶《かな》わない、叶えてはいけない欲望を持ち生まれてきてしまった苦しみに胸が痛み、彼を「善い小児性愛者」だと感じ、そしてあくまで自分は悪くないと言い、全ての結果を他人のせいにしながら児童に手を出し加害を続ける森下を、「悪い小児性愛者」として断じてしまいそうになる。しかしさまざまな方向から光を当てることで、そんな単純な話ではないことが見えてくる。無辜《むこ》に見えていたものが本当に無辜なのか、分からなくなる瞬間がとても恐ろしい。

全ての登場人物誰一人として、明確な出口を見つけられないところがつらい。いや、実際の人生にだって出口なんか無いのだが、フィクションはそのへん「手心」があるんじゃないかとどうしても期待してしまう。だが、無いものは無いのだ。小児性愛者も同性愛者も異性愛者も子持ちも若者も、無明の中をさまよい続けている。誰かといっとき繋がりを持っても儚《はかな》く断絶し、どんなに絶望しても人生は続いてしまう。『君は同じ船に乗っているつもりかもしれないけれど、僕と君の船は違うから』という久瀬の言葉はあまりに重い。

本邦は災害や疫病が流行するたびに「絆《きずな》」とか「家族」なんかを万病に効く薬のように軽々しく持て囃《はや》す傾向があるが、そのどちらも毒になってしまう人生があることも、本書はあっさりと描いてしまう。本書の「エピローグ」は単行本時の書き下ろし作品だが、これがあるのと無いのとでは他の三篇の味わいがまったく違ってくる。もしあとがきや解説から先に本を読むタイプの読者がここを読んでいるのなら、本書の「エピローグ」は他の三篇を読んだら間をあけずにすぐに読んでほしいし、「エピローグ」を先に読むのはどうか我慢してほしいとお伝えしたい。あまり扇情的な表現は使いたくないのだが、本書の一番の「地獄み」は、実はここに現れていると思う。

小児に対する虐待や性犯罪は、一つの例外も無く決して許されることではない。間違いない悪行であり、社会はその予防と被害者のケアに全力を尽くすべきだと強く思っている。この部分は誰もが頷《うなず》くところだと思う。けれど、「欲望を行動に移していない小児性愛者の人生」というものに、思いを馳《は》せたことのある人は少ないのではないだろうか。私も数年前に当該の人々にインタビューした英国BBCのレポート記事を読むまで、どこかで「小児性愛者＝性犯罪者」という意識を持っていた。実際は、性嗜好《しこう》障害としての小児性愛と、実際に加害行為をしたチャイルド・マレスター（児童性虐待者）は分けて考えるのが現在の医療や司法の現場でのスタンダードだという。レポート記事では、リアルでもオンラインでも決して実在の子供に触れないよう自制を続ける生活と、他の「健全な」性嗜好の人がしなくてもいい努力を一生続けなければいけない苦しみが語られていた。

確かに、絶対に実際に行動に移していないのなら、実在の人間を傷付けていないのなら、どんなにえげつない欲望でも、その心の中まで裁かれることはあってはいけない。これは時代や生まれた土地が違えば簡単に死刑になっていた同性愛というセクシュアリティを持つ私も、深く頷く話だ。誰を好きになるか、欲望の対象にするかは、選べない(ことがほとんど)。本書の中でも精神科の医師である飯田が、『要は罪を犯さなければいいのよ。自分の頭の中まで他人の価値観に支配されるなんて、生き地獄そのものでしょう』と言っている。この生き地獄に晒《さら》されているのが、久瀬であり、理性のあった頃の森下なのだろう。

そうは言っても、小児性愛と聞けば反射的に嫌悪や恐怖を持つ人は多い。私もそれは、正直ある。ゆえに自分もまた本書に描かれるような地獄を構成している一員だということを思い知らされた。しかし、犯罪行為をしていない小児性愛者を頭から犯罪者と決めつけて社会から排除することは、犯罪の予防にも被害者のケアにも繋がらない。どんなパターンでも差別と排除で良くなった社会は無い。非小児性愛者も〝ロリショタ〟をサブカルチャーとして露悪的に消費する人権意識の低い日本で、小児性愛者の人権について考えるのは、絡まった糸をほどくようにややこしく、しんどい。本書を読み終えたあとも、この原稿を書いている今も、私はずっと考え続けている。答えは出ていない。本書の中にも、その答えは無い。

そう、木原作品は、決して読む者を心穏やかに眠らせるような明瞭な「答え」をお盆に載せて出してはくれない。読んだ者は登場人物たちの一部をミサでもらう小さなパンのように飲み込まされ、懊悩《おうのう》する。木原先生は読書というのは危険な行為だということを、今の時代に思い出させてくれる数少ない作家で、そんな人と同じ時代を生きて新作をリアルタイムで読めることが、私は嬉《うれ》しくて、苦しい。

（おうたに・あきら　小説家）

本書は、二〇一七年八月、集英社より刊行されました。

初出
ラブセメタリー　「小説すばる」二〇一三年九月号
あのおじさんのこと　「小説すばる」二〇一四年五月号
僕のライフ　「小説すばる」二〇一五年一月号
エピローグ　単行本時書き下ろし

集英社文庫　目録（日本文学）

集英社文庫　目録（日本文学）

斎藤茂太　「ゆっくり力」ですべてがうまくいく
斎藤茂太　「捨てる力」がストレスに勝つ
斎藤茂太　「心の掃除」の上手い人 下手な人
斎藤茂太　人生がラクになる 心の「立ち直り」術
斎藤茂太　人間関係でヘコみそうな時の処方箋
斎藤茂太　人の心をギュッとつかむ話し方81のルール
斎藤茂太　すべてを投げ出したくなったら読む本
斎藤茂太　「断わる力」を身につける！
斎藤茂太　先のばしぐせを直すにはコツがある
斎藤茂太　落ち込まない 悩まない 気持ちの切りかえ術
斎藤茂太　そんなに自分を叱りなさんな 心のモヤモヤ退治法99
齋藤孝　数学力は国語力
齋藤孝　親子で伸ばす「言葉の力」
齋藤孝　文系のための理系読書術
齋藤孝　人生は「動詞」で変わる
斉藤光政　戦後最大の偽書事件「東日流《つがる》外三郡誌」

早乙女貢　会津士魂一 会津藩 京へ
早乙女貢　会津士魂二 京都騒乱
早乙女貢　会津士魂三 鳥羽伏見の戦い
早乙女貢　会津士魂四 慶喜脱出
早乙女貢　会津士魂五 江戸開城
早乙女貢　会津士魂六 炎の彰義隊
早乙女貢　会津士魂七 会津を救え
早乙女貢　会津士魂八 風雲北へ
早乙女貢　会津士魂九 二本松少年隊
早乙女貢　会津士魂十 越後の戦火
早乙女貢　会津士魂十一 北越戦争
早乙女貢　会津士魂十二 白虎隊の悲歌
早乙女貢　会津士魂十三 鶴ヶ城落つ
早乙女貢　続会津士魂一 艦隊蝦夷へ
早乙女貢　続会津士魂二 幻の共和国
早乙女貢　続会津士魂三 斗南への道

早乙女貢　続会津士魂四 不毛の大地
早乙女貢　続会津士魂五 開牧に賭ける
早乙女貢　続会津士魂六 反逆への序曲
早乙女貢　続会津士魂七 会津抜刀隊
早乙女貢　続会津士魂八 甦る山河
早乙女貢　わが師山本周五郎
早乙女貢　竜馬を斬った男
早乙女貢　奇兵隊の叛乱
酒井順子　トイレは小説より奇なり
酒井順子　モノ欲しい女
酒井順子　世渡り作法術
酒井順子　自意識過剰！
酒井順子　おばさん未満
酒井順子　紫式部の欲望
酒井順子　この年齢《とし》だった！
酒井順子　泡沫日記

集英社文庫　目録（日本文学）

酒井順子　中年だって生きている
酒井順子　男尊女子
坂口安吾　堕落論
坂口恭平　TOKYO一坪遺産
坂村健　痛快！コンピュータ学
佐川光晴　おれのおばさん
佐川光晴　おれたちの青空
佐川光晴　あたらしい家族
佐川光晴　おれたちの約束
佐川光晴　大きくなる日
佐川光晴　おれたちの故郷
さくらももこ　ももこのいきもの図鑑
さくらももこ　もものかんづめ
さくらももこ　さるのこしかけ
さくらももこ　たいのおかしら
さくらももこ　まるむし帳

さくらももこ　あのころ
さくらももこ　のほほん絵日記
さくらももこ　まる子だった
さくらももこ　ももこの話
さくらももこ　さくら日和
さくらももこ　ももこのよりぬき絵日記①～④
さくらももこ　ひとりずもう
さくらももこ　おんぶにだっこ
さくらももこ　焼きそばうえだ
桜井進　夢中になる！江戸の数学
櫻井よしこ　世の中意外に科学的
桜木紫乃　ホテルローヤル
桜木紫乃　裸の華
桜沢エリカ　女を磨く大人の恋愛ゼミナール
桜庭一樹　ばらばら死体の夜
桜庭一樹　ファミリーポートレイト

桜庭一樹　じごくゆきっ
佐々涼子　エンジェルフライト　国際霊柩送還士
佐々木譲　犬どもの栄光
佐々木譲　五稜郭残党伝
佐々木譲　雪よ荒野よ
佐々木譲　総督と呼ばれた男(上)(下)
佐々木譲　冒険者カストロ
佐々木譲　帰らざる荒野
佐々木譲　仮借なき明日
佐々木譲　夜を急ぐ者よ
佐々木譲　回廊封鎖
佐藤愛子　淑女失格　私の履歴書
佐藤愛子　憤怒のぬかるみ
佐藤愛子　死ぬための生き方
佐藤愛子　結構なファミリー
佐藤愛子　風の行方(上)(下)

集英社文庫　目録（日本文学）

佐藤愛子　こたつの人　自讃ユーモア短篇集一
佐藤愛子　大黒柱の孤独　自讃ユーモア短篇集二
佐藤愛子　不運は面白い　幸福は退屈だ　人間についての断章326
佐藤愛子　老残のたしなみ　日々是上機嫌
佐藤愛子　不敵雑記　たしなみなし
佐藤愛子　自讃ユーモアエッセイ集　これが佐藤愛子だ1～8
佐藤愛子　日本人の一大事
佐藤愛子　花は六十
佐藤愛子　幸福の絵
佐藤賢一　ジャガーになった男
佐藤賢一　傭兵ピエール(上)(下)
佐藤賢一　赤目のジャック
佐藤賢一　王妃の離婚
佐藤賢一　カルチェ・ラタン
佐藤賢一　オクシタニア(上)(下)
佐藤賢一　革命のライオン　小説フランス革命1
佐藤賢一　パリの蜂起　小説フランス革命2
佐藤賢一　バスティーユの陥落　小説フランス革命3
佐藤賢一　聖者の戦い　小説フランス革命4
佐藤賢一　議会の迷走　小説フランス革命5
佐藤賢一　シスマの危機　小説フランス革命6
佐藤賢一　王の逃亡　小説フランス革命7
佐藤賢一　フイヤン派の野望　小説フランス革命8
佐藤賢一　戦争の足音　小説フランス革命9
佐藤賢一　ジロンド派の興亡　小説フランス革命10
佐藤賢一　八月の蜂起　小説フランス革命11
佐藤賢一　共和政の樹立　小説フランス革命12
佐藤賢一　サン・キュロットの暴走　小説フランス革命13
佐藤賢一　ジャコバン派の独裁　小説フランス革命14
佐藤賢一　粛清の嵐　小説フランス革命15
佐藤賢一　徳の政治　小説フランス革命16
佐藤賢一　ダントン派の処刑　小説フランス革命17
佐藤賢一　革命の終焉　小説フランス革命18
佐藤賢一　黒王妃
佐藤正午　永遠の½
佐藤多佳子　夏から夏へ
佐藤初女　おむすびの祈り　「森のイスキア」こころの歳時記
佐藤初女　いのちの森の台所
佐藤真海　ラッキーガール
佐藤真由美　恋する短歌　22 short love stories
佐藤真由美　恋する歌《カ》音《ノン》　こころに効く恋愛短歌50
佐藤真由美　恋する四字熟語
佐藤真由美　恋する世界文学
佐藤真由美　恋する言《コト》ノ葉《ハ》　元気な明日に、恋愛短歌。
佐野眞一　沖縄　だれにも書かれたくなかった戦後史(上)(下)
佐野眞一　沖縄戦いまだ終わらず
佐野藤右衛門／小田豊二　櫻よ　「花見の作法」から「木のこころ」まで
沢木耕太郎　天涯1　鳥は舞い　光は流れ

集英社文庫 目録（日本文学）

集英社文庫

ラブセメタリー

2020年7月25日　第1刷　　定価はカバーに表示してあります。

著　者　木原音瀬《このはらなりせ》
発行者　徳永　真
発行所　株式会社　集英社
東京都千代田区一ツ橋2-5-10　〒101-8050
電話　【編集部】03-3230-6095
【読者係】03-3230-6080
【販売部】03-3230-6393(書店専用)

印　刷　凸版印刷株式会社
製　本　凸版印刷株式会社

フォーマットデザイン　アリヤマデザインストア　　マークデザイン　居山浩二

ISBN978-4-08-744135-2 C0193